悪役をやめたら義弟に溺愛されました2

神楽　棗

24159

角川ビーンズ文庫

Contents

ルディウス・
フォン・ランドール
レリアの元義弟で、現在は夫。
侯爵で、王宮騎士
悪役をやめたら
義弟に溺愛されました
When I quit
being a villain,
my brother-in-law
doted on me.
レリア・アメール・
ランドール
自分の書いた小説の世界に転生した。
現在は義弟だったルディウスと結婚。
前世の名前は鈴彩(れいあ)
Characters

シルヴィード・
ルネ・ベルナール
王太子。ルディウスを信頼し
護衛を頼むこともある

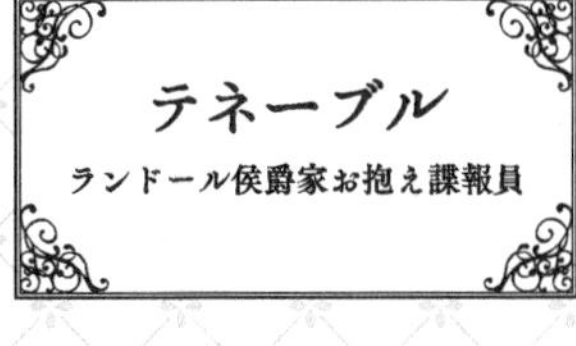
テネーブル
ランドール侯爵家お抱え諜報員

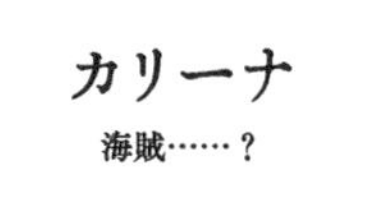
カリーナ
海賊……？

本文イラスト／大庭そと

プロローグ　感慨深い結末

ステンドグラスがキラキラと光る厳かな教会。目の前の神父がうにゃうにゃと誓いの言葉を喋っている。

チラリと横目で斜め上を見上げると、黒い髪に黒い瞳の美青年が立っている。

美青年が私の視線に気付き、彼も横目で私を見ながら目元を和らげた。

私、本当に結婚するんだ……。

感慨深くなり目を閉じる。

死亡フラグ満載だった私が結婚とか、一体誰が予想できただろうか。

自分が書いた恋愛小説に転生したと気付いて早八年。

小説の中ではヒロイン・マリエットと恋仲になる王太子・シルヴィードの敵役という設定だった、義弟のルディウス・フォン・クラヴリー。最後はそのルディウスが私を含めた家族全員を害虫として駆除して自害することで、小説は幕を下ろす。はずだった……。

私がルディウスをいじめる義姉でもある、レリア・アメール・クラヴリーに転生したと気付いていなければ。

幼少の頃にその事実に気付いてからは、それはもう必死に殺されないためにもがき続けたよ。

過酷なクラヴリー公爵家から彼を遠ざけるため、小説の設定にあったエドワール侯爵の反乱を未然に防ぐように動いたりもした。その甲斐あって国に貢献したとして、ルディウスはランドールの爵位を叙爵されたのだ。

ようやく義弟がクラヴリーの姓を離れたと思ったら、今度はクラヴリー公爵家がルディウスの実母である王妹の前公爵夫人を殺害したとして、王族殺しの罪により没落。王族殺しは一家処刑と決まっており、処刑される予定だった私を助けてくれたのは他でもない、義姉レリアを殺すと思っていた義弟のルディウスだった。この展開は、原作者の私もビックリの結末だったよ。ここでもう、私が書いた原作は終わってしまったと言っても過言ではないだろう。

そして極めつきは、ヒロインのはずだったマリエットが最大の悪役になって私に襲い掛かってきたことだ。事実は小説よりも奇なりとはまさにこのことである。まあこの事件のおかげで私も、自分にとって唯一無二の存在が誰か気付けたことは否めない。

そんな調子でとんとん拍子に悪役をやめたら妻になっちゃった的な急展開っぷりを披露したわけだが……。

義弟の行動力の早さよ。

だけど心配なことなど何もない！　なんてったってこの結婚式の後は……。

待ちに待ったハネムーン！　ここで夫婦の仲を深められれば、私達の愛も安泰よ！

「……ア……レア？」

自分の愛称を呼ばれて閉じていた目を開けると、心配そうに私の顔を覗き込んでいる元義弟であり、今から正式な夫になるルディウスこと、ルディがいた。

「次はレアの番ですよ」

結婚式で自分の番と言ったらあれしかない！

「誓います!!」

声高らかに宣言するも、ルディも神父も目を瞬く。

あれ？　何か間違えた？

「レアの熱い想いは伝わりましたので、誓約書に署名をお願いします」

署名？　ルディがペンを私に差し出す。

そうだ！　この世界って、署名して初めて夫婦って認められるんだった！

会場から、笑いを噛み殺すような声が漏れ聞こえてくる。

真っ赤な顔で、慌てて署名をしながら憤る。

私が考えた世界なのに、なんで結婚式は宣言じゃなくて署名なの!!

次書く時は、結婚式は署名ではなく宣言で！　って書いてやるんだから!!

第一章　ハネムーンといえば海でしょ！

ザザーン！

ああ、やってきたんだな。

ザッパーン！

突然やってきた激しい波が私を襲う。

「レア。びしょ濡れですよ」

私が施した不格好な刺繍のハンカチを取り出したルディが、海水で濡れた私の上半身を甲斐甲斐しく拭く。前世ぶりの磯の香り。濡れたついでに海水浴をしたい気分になるくらいには、私のテンションは高い。

そんな私が今いるのは、港街にある小さな防波堤の上。

前世ぶりの海に懐かしくなった私が、格好つけて佇んでみた結果の荒波である。

波も私を歓迎している……と思いたい。

ことの始まりは結婚式の数週間前――。

「結婚式後に長期休暇がもらえました。どこか行きたいところはありますか？」

まさかこれって、ハネムーンに行けるってこと!?

目を輝かせて、自室のソファーで一緒にくつろいでいるルディを見上げる。そんな私の心の声を読んだ彼の口元がわずかに緩まる。

「長期休暇なので、遠いところでも構いませんよ」

「それなら海に行きたい！」

輝く太陽に、白い砂浜。夕方には沈む夕日に照らされながら、静かになった砂浜を二人で手を繋ぎながら歩く。そして振り返るとルディの黒い綺麗な瞳と目が合って……。

キャ――――!!　雰囲気出すならやっぱり海でしょ！

一人で妄想に妄想を重ねて興奮していると、ルディが首を傾げる。

「海とは大きな水溜まりのことですよね？　王都の近くにある湖と同じなのではないですか？」

風情の欠片もないこと言わないで！

「湖には湖の良さもあるけど、地平線の先まで広がる壮大な景色と心地の好い波の音が聞けるのは海だけよ！　その音を聞きながら、手を繋いだ恋人たちが砂浜をしっとりと歩くの」

うっとりと二人で砂浜を歩く姿を想像する。

「……つまりレアは俺と手を繋いで、砂浜を歩きたいのですね」

真剣に問われて思わず躊躇う。

「ま……まあ、そういうこと……かな？」

私の願望をはっきりと尋ねられるのは、少し恥ずかしい。

「ルディはどうなの？」

「俺ですか？」

ロマンチックな海を選択したのは私だけど、もしかしたらあまり乗り気ではないかもしれない。

「レアから手を繋いでくれるなんて、感慨無量です」

質問の仕方を間違えた。しかもちょっと恥じらいながら言うの、止めてもらえます？こっちまで恥ずかしくなってくるから。

「そうじゃなくて、ルディが海に行くのが嫌だと言うなら、湖でもいいわよってこと」

言い直すと、無表情だが少しがっかりしたように眉尻を下げられた。

私から手を繋いでもらえることを余程期待していたようだ。確かに二人でいても私から進んで触れることはほとんどない。原因は、待ちきれないルディが先に動いてしまうからなんだけどね。

「そうですね……。レアさえいれば、たとえそこが業火に包まれた大地でも俺は喜んで付いていきます」

新婚旅行にそんなところを選ぶ妻もどうかと思うよ。

大真面目に答える姿をあきれながら見ていると、ルディの目元がわずかに和らぐ。

「ただ……海は初めてなので、少し楽しみです」

それだけで、返事は十分だった。

王太子殿下の部屋で溜息を吐く。

「お前さ。所構わず溜息を吐くの止めろよ。侍女長からお前の物憂げな姿見たさに侍女達が廊下をうろつくから、仕事にならないって怒られたんだけど？」

「そんなこと俺に言われても知りませんよ」

再び深い溜息を吐く。

「とても結婚前の男の姿には見えないな。嫌なら私が替わってやるぞ」

「その時は殿下でも容赦はしませんよ」

まだレアを狙っているのか？

殿下に軽蔑と殺気が入り交じった視線を送る。

「だったらそんな辛気臭い溜息を吐くな！」

もどかしそうに声を上げる殿下に、心の中で不貞腐れる。

どうせ俺の悩みは誰にも分からない。

俺の心の中を読み取ったのか、殿下まであきれたように溜息を吐きだした。

「お前の悩みって侯爵夫人絡みだろ？　溜息が止まるなら、相談に乗るぞ」

顔を上げると、殿下が頰を引きつらせる。

「お前今、『婚約者もいない人間に話しても』って思っただろ。不敬だぞ」

図星を指され、眉を寄せる。

「俺の心はレアのものです。殿下が読まないでください。気持ち悪い」

「だったら顔に書くな！」

表情には出していないはずなのだが……？

「それで、何を悩んでいるのだ？」

殿下が書類に署名をしながら尋ねてきた。

駄目もとで相談してみるか。

小さく溜息を吐いて俯く。

「俺はレアが好きです」

「それはよく知っている」

「レアが傍にいてくれるだけで何もいらないとも思っています」

「そうだろうな」

「できることならレアを一生閉じ込めておきたいくらいです」

「それは夫人に逃げられるから止めておけ」

「でもレアは俺と結婚することをどう思っているのか……」

「本人に直接聞いてみればいいだろ」

「毎日聞いているのですが、好きだから結婚すると言われるだけです」

「好きだけじゃ不満なのか？」

「レアも俺と同じように、一生一緒に閉じこもっていたいと思っているのか知りたいのです」

「それはお前だけだろうな」

「レアに閉じ込められるなら、俺は喜んで閉じこもります」

「仕事には来いよ」

「殿下、俺は真剣に相談しているのですが？」

「私も真剣に答えているつもりだが？」

やはり婚約者もいない殿下に相談するだけ無駄だったか。

「わざと心の中を読ませているだろ。本当に失礼な奴だな。とにかくお前は、夫人がお前との結婚についてどう思っているかの本音を知りたいのだろ？」

その通りだ。だがレアは俺に本音を打ち明けてはくれていないかもしれない。彼女はなにか、俺には言えない大きな秘密を抱えているようだから。

『来る終末の日』のことだってそうだ。ずっと何かに怯えていたのに、近頃はあまりその話をしなくなった。相変わらず唐辛子を擂っているし、最近は武器職人の所にも入り浸っているようだから、まだ終わってはいないのかもしれないが。

そんなレアの態度に、俺を頼りにしていないのか？　やはり義弟としてしか見てもらえないのか？　そんな不安ばかりが頭を過る。

俯きながら再び溜息を吐いていると、殿下があきれたように肩をすぼめる。

「結婚後は長期休暇を使って二人で旅行に行くのだろ？　日常とは違う雰囲気に、夫人の本音も聞ける機会があるかもしれない。その時に聞き出してみたらどうだ」

「……お土産買ってきますね」

珍しくまともな意見に目を見張る。

「べったりし過ぎて夫人に逃げられるなよ」

殿下は分かっていない。レアはきっと俺がべったりしても逃げない。というよりも……。

俺が逃がさない。

結婚式終了後、新婚旅行を待ちきれない私は就寝の支度をいつもより早目に終えていた。

「さあ、ルディ！　明日から長旅だから、今日は早く寝るわよ！」

長期とはいえ、王宮騎士であるルディの休暇には限りがある。寝坊などして、出発から後れをとるわけにはいかない！

「明日の出発は昼からでも……」

「何を言っているの！　途中、何があるか分からないのだから、早く出るに越したことはないわ！　明日は夜明けと共に出発よ！」

「……今日は結婚式が終わった夜ですよ？」

若干不満そうなルディに首を傾げる。

「そうよ？　だから明日の出発に、疲れを残さないように早く寝るんでしょ？」

「……そうですね」

もしかして……。久しぶりの休暇で寝たくないのかしら？

確かに次の日が休みだと、夜更かしとかしたくなるよね。その気持ち、とても分かるわ。

ルディは体力ありそうだし、きっと自分で制御できるよね。

「私は先に休ませてもらうけど、次の日に支障をきたさない程度なら、夜更かししてもいいわよ」

これぞ夫を気遣えるできた妻！

満足そうに頷く私に、ルディは深い溜息を吐く。

「いえ……俺も寝ます」

眠くないなら無理して寝なくてもいいのに……。

結婚したとはいえ、夫の心を読み取るにはまだまだ修行が足りないようだ。


翌日早朝。

「土産とかいらないからな」

他の見送りの使用人達と並んで笑顔で指を擦り合わせながら私達を見送っているのは、ランドール侯爵家お抱えの諜報員テネーブル。お土産よりボーナスが欲しいってことね。

エドワール侯爵反乱事件の際に私の命を狙いに来た暗殺者なのだが、気付けば我が家の諜報員に転職。今ではランドール侯爵家のために、こきつか……働いている。

そんな彼は今回、緊急時のためにお留守番を言い渡されたのだ。おそらくその臨時手当を弾めと言いたいのだろう。

「お前の働き次第だな」

いつも通り無表情のルディに、白い歯を見せながらテネーブルがニカリと笑う。

「安心しろ。俺の仕事は――」

「迅速・正確・丁寧に！　でしょ？」

「さっすが夫人。よく分かってるねぇ」

暗殺業でなくなった今は、この三原則も称賛できる。お墓を掘り返していた時は新婚旅行などと暢気なことを考えられるくらい穏やかな日々が来るなど、想像もできなかった。

当時を振り返りながらテネーブルに微笑みかけていると、突然肩を掴まれて馬車の方に体を向かされる。

「レア。こんな奴のことなど知る必要はありませんよ。すぐに出発しましょう」

「え？　ちょっと？　ルディ⁉」

押し込まれた私を乗せた馬車は、軽く手を振るお留守番陣営を残して王都を出たのだった。


王都が見えなくなり、辺りに草原が増えてきた。

「……ルディ」

「はい」

二人きりの広い馬車。

「暑くない？」

暑い時季ではないはずなのだが、車内の温度が異様に高い気がする。その原因は分かっている。なぜかルディが私の隣に座り、ずっと手を握ってきているからだ。

「窓でも開けましょうか」

そう言いながら、空いているもう片方の手で器用に窓を開けた。

あなたが向かいに座ってくれれば解決するのでは？　そう思うのは、私だけだろうか？

「寒ければ俺に寄りかかって、暖を取ってください」

そこは窓を閉めるとかの選択はないんだ。

「ルディって、引っ付いているのが好きだよね」

義姉弟の時にはそんな素振りを全く見せなかったのに、今ではタガが外れたようにスキンシップが激しい。

「ずっとこうしていたいと思っていましたからね。さすがにレアの気持ちが分からないうちは触れない方がいいと抑えていましたので、その反動でしょうか」

ルディが私を自分の胸に抱き寄せた。突然の抱擁に慣れない私の体が固まる。

「結婚したのですから、もう遠慮はいらないですよね」

固まる私を余所に、私の頭頂部に温かい息が吹きかかる。

甘くすぐったい状況に、破裂しそうなくらい心臓が打ち付ける。

なんだかスキンシップに手慣れ過ぎてないですか⁉

うん？　ちょっと待って。私はこんなに緊張するくらいルディが好きなのに、スキンシップをしている当の本人は緊張しないのかな？

私を抱き寄せても平然としている相手を、訝しく見上げた。

「前から思ってたけど、なんかルディってこういうの慣れてるよね。私なんてこんなにドキドキしているのに、ルディは平気なんだ」

恋愛小説を参考にしたとしても、実際に体験するのは別だ。恋愛小説を読んで実践できるなら、書いていた私などエキスパートになっているはずだから。ルディが他の女性で練習しているなどとは思わないが、これだけ手慣れていると本当に私のことを好きなのか疑わしくなってくる。

疑惑の眼差しを向けるも、当人は動揺することなく飄々と言い切る。

「それは緊張よりも、願いが叶ったことを実感したい気持ちの方が強いからでしょう。長年レアに触れたいと我慢してきましたから。これでもまだ頑張って、触れたいのを抑えている方ですよ」

想像以上の回答キタ――――‼

「そ……そう……」

自分から聞いておいてなんだが、恋愛小説よりも回答が甘々だった。もっと『俺も緊張してますよ』とか、恋愛小説にありがちな回答がくるのかと思ってた。長年の欲求を満たしたい気持ちが全てを凌駕してしまうとか、激甘い!!

真っ赤な顔で俯いていると、長い指に顎を持ち上げられる。私今、絶対不細工な顔をしている自信がある。

「色んなレアの姿を間近で見られて、俺は幸せです」

それはこんな不細工な顔も含めての話ですね。

恥ずかしさを隠すように不満気に見上げていると、ゆっくり顔が近付いてきて——。

ガタリッ。

馬車が揺れて停まると同時に、お互いの動きも止まる。

『侯爵閣下。休憩地点に到着致しました』

付き添いの騎士が外から声をかけてくる。慌てて顔を下に向けると、頭上から舌打ちする音が響く。

え？　今、舌打ちした？

見上げると扉の向こうを睨むルディ。どうやらキスの不発に、空気の読めない騎士を怒っているようだ。

私達が馬車から下りると、騎士達の表情に緊張が走る。主の不穏な空気を察したのだろう。

「これからは中の状況も読み取ってから声をかけろ」

ルディが声をかけたと思われる騎士に凄みながら、無理難題な忠告をする。

「ちょっとルディ。ちゃんと仕事をしている騎士に無茶言わないの」

不満だったとはいえ理不尽極まりない要求に注意するも、当然とばかりに反論してきた。

「中の雰囲気も読み取れない無能はいりません。重要なやり取りの最中を邪魔するなど、大問題ですから」

その重要なやり取りってキスのことですよね？　大袈裟に言い過ぎだから。

「あれを騎士が読み取れるようになったら、私はもう二度とルディと一緒の馬車には乗らないから」

むしろそんなものを読み取られて恥ずかしい思いをするのは、こちらの方だ。

さすがのルディもこれには焦ったのか、今度は殺気以外は読み取るなと騎士に命じ始める。そんな主の慌てふためく珍しい姿に、先程まで気を張りつめていた騎士達も心なしかほっこりしている。無口で無表情な上にいつもしごかれている騎士達にとって、主のこの姿は貴重なようだ。

そんなルディを連れて、休憩地点の街のとあるお店を訪ねた。そこは飲み物とセットで、手作りケーキを提供してくれるお店だそうだ。

「今まで王都から出たことがなかったから、他の街も見て歩けるなんて新鮮でいいね」

注文したケーキを一口頬張る。王都では見たことのないフルーツケーキの美味しさに、舌鼓を打つ。

「確かに同じ国でも、その土地ならではの物がたくさんありますからね」

「休憩地点の街を見るのも楽しみになってきた！」

もう一口とケーキを切っていると、横から声がかけられる。

「もしかして……ランドール侯爵閣下ですか？」

顔を上げるとそこには、シルクハットを被った紳士服姿の口髭がダンディなおじさまが立っていた。穏やかな笑みを浮かべながらも眼光が鋭く、相手には腹の内を読ませない、王太子殿下タイプのおじさまのようだ。

「そうだが？」

こちらもまた、無表情すぎて全く感情が読めないタイプの人物がおじさまに返事をする。

あれ？　感情が顔に出るタイプって、私だけ？

「失礼致しました。私は商人のマルクスというものです」

ルディの警戒を察したおじさまは、シルクハットを外し私達に会釈をした。茶色の髪に交ざる白髪から、苦労している感じが窺える。

「王都からの帰りなのですが、この街に寄ったところでランドール侯爵家の紋章が入った馬車をお見かけし、もしやと思いお声がけさせて頂きました」

「何か用か？」

先程までの和やかな空気は一変。南極のような極寒の風が吹く。

キスに続き、カフェの時間まで邪魔されて怒っているのかな？

「どうやらご気分を害してしまったようですね。王都での閣下の活躍を耳にしてご挨拶をしたかったのですが、また日を改めます」

「あの、商人ということは、他にも色々な街に立ち寄られているのですか？」

苦笑いを浮かべて立ち去ろうとするマルクスを引き止めた。

邪魔をされたとはいえ、さすがにわざわざ挨拶をしに来てくれた人を無下に扱うわけにはいかない。しかも相手は商人だ。このまま帰して、ルディの対応が悪かったという噂を各地で流されても困る。それに相手からしてみたら、大口の顧客になる可能性のある貴族を素通りすることはできなかったのだろう。

「私はオラール伯爵領に店を構えておりまして、王都から伯爵領までの街道沿いでしたら商品の仕入れでよく行き来しております」

「オラール伯爵領⁉」

声を上げると、マルクスが驚いたように目を瞬く。

声を上げてしまったのも無理はない。なぜなら新婚旅行先は、この国が唯一海に面している南西部。その最西端にある港街のオラール伯爵領なのだから。

「私達、オラール伯爵領に向かう途中なんです!」

偶然の一致に興奮していると、ルディが冷たく言い放つ。

「驚くことはありませんよ。王都からオラール伯爵領に行くには、必ずこの街に立ち寄るのですから」

それを言われてしまっては元も子もない。

「でもせっかくだし、オラール伯爵領ってどんなところか聞いておきたくない？」

ルディも行ったことのない土地なのだから、見どころなどを聞いておいて損はないと思う。

「それは……一理ありますね」

ルディも私と同じことを考えたのか、私の意見に同意する。

「ではよろしかったら今日の宿泊地は同じ地点でしょうし、それまでの道中をご一緒させて頂くというのは如何でしょうか？」

マルクスの申し出に私が手を叩く。

「それはいい考えですね！　ゆっくり話もできそうですし、ね、ルディ」

同意を求めてルディを見ると、若干不満そうな顔をしている。二人でいられる時間を奪われて、不服なのだろうか？　どうせ伯爵領に到着するまでたっぷり時間はあるのだし、半日くらい誰かが乗り合わせても問題ないでしょ。残り期間は糖度過多になりそうな予感もするし……。先程の馬車での出来事を思い出し、紅潮する頬を誤魔化すように愛想笑いを浮かべる。

「半日だけ同乗を許可する。レアの優しさに感謝するんだな」

あからさまに残念そうに溜息を吐くルディに苦笑する。

それにしても、無表情でもいいからもう少し愛想よくして欲しいものだ。

ランドール侯爵家の馬車に同乗するマルクス。その向かいに私達が座る。

甘い時間が無くなったから、せめて手だけでも繋いであげよう。そっとルディの手に手を重ねると、不機嫌だった表情に輝きが戻る。私から手を繋いであげたことで、機嫌が直ったようだ。感慨無量な状態にでもなっているのかな？

「オラール伯爵領の港街は、警備も万全で治安がよく、とても綺麗な街ですよ」

馬車が動き出すと、早速マルクスが伯爵領について紹介を始めてくれた。

「栄え始めたのはごく最近と聞くが？」

機嫌が戻ったルディがマルクスに質問する。どうやら甘い時間を諦めて、情報収集に徹する気になったようだ。

「ええ、その通りです。それまでは海産物や工芸品などを売るだけに止まっていましたが、観光業に力を入れ始めてからみるみる急成長した街でもあります」

マルクスもルディに質問されて安堵したのか、穏やかな笑みで返す。話が盛り上がってきたことに一安心し、続けて尋ねた。

「マルクスさんもそのお手伝いをされているのですか？」

「ただの商人なので敬称は不要です。私は他国から届いた品を王都で売り、王都で仕入れた品を地方や他国に提供する仕事をさせて頂いております」

国内だけじゃなく、国外とも取引をしているんだ。確かに他国と取引をするなら、港街に店を構えていた方が行き来はしやすいよね。

「主にどういう品を提供されているのですか？」

「宝石や上質な織物製品など貴族の方々に向けた品が主ですが、最近ではオラール伯爵閣下が地方の領主を集めて夜会を開かれる機会が多くなったので、衣装事業にも力を入れ始めました。こう言ってはなんですが、地方では王都の流行り物などを手に入れるのは難しいですから、王都から仕入れた衣装は地方でも評判なのですよ」

余程美味しい商売なのか、マルクスが口髭を指で撫でる。

確かに移動だけでも一週間かかる道のり。貴族相手なら、資金さえあれば悪くない商売かもしれない。

「オラール伯爵領には貴族の店しかないのか？」

言われてみれば観光業で発展したのなら、お金のある貴族相手のお店に限られている可能性はある。観光と言えば出店を見て歩くのが楽しみなのに、貴族相手のお店ばかりじゃ楽しめない！

「もちろん平民が営む、昔ながらのお店もあります」

マルクスの言葉にホッと胸を撫で下ろす。一番の楽しみポイントがなくなったかと思って肝を冷やしたよ。

「昔ながらのお店はたくさんあるのですか？」

今のうちに聞ける情報は全て聞いておきたい！

内面の興奮を押し隠しながら尋ねる私に、マルクスが微笑む。

「街は丘の上下に分かれていて、上層が貴族専用の店となり、下層は平民の出店が多く立ち並んでおります。伯爵領にあるほとんどのお店が集まっている街ですので、観光でしたら十分楽しめると思いますよ」

……仕方がないのかもしれないけど、なんだか身分で分けられている感じが嫌だな。でも不要なトラブルを避ける意味では、平民にとってはいいのかもしれない。貴族相手に難癖付けられても、太刀打ちできないだろうから。

「私のお店は上層にありますので、もし衣装店に立ち寄って頂ければ素敵な衣装をご用意させて頂きます」

今回は観光が目的だし、貴族が着るような高級な服は買わないかもしれない。だけど色々教えてもらったお礼に、立ち寄るくらいならいいかもね。

予定していた宿泊地に無事到着。先を急ぐと話すマルクスにお礼を告げた後は、再びルディの引っ付き虫が発動されたのだった。

オラール伯爵領まで私の心臓がもつといいのだけど……。

こうして馬車に揺られて一週間が経った。最後の宿泊地点の宿を日が昇る前に出てきたため、昼前には到着する予定となっている。

ようやく目的地のオラール伯爵領が見えてきて、窓から顔を出す。

小高い丘に立ち並ぶ建物は白色で統一されており、遠目から見ても清楚で綺麗な港街という印象だ。そして港にはたくさんの漁船や貨物船、大きな商船なども停泊している。

まるで外国の港街に来たみたい！

というより異世界にいる時点で、外国よりも遠いところに来てしまった。

そして港街に到着して早々、異国風を吹かせた私が調子に乗って防波堤の上で佇んだ結果……波の歓迎に戻る。

びしょ濡れの私にルディが上着をかけた。

「すぐに宿泊先に向かいましょう」

ルディは私の背に腕を回すと、馬車へと急がせる。

「そんなに急がなくても大丈夫だよ。水も滴るいい女とか言うでしょ」

「水が滴らなくてもレアは十分素敵ですよ。それよりも今は、レアが風邪を引いてしまわないかの方が心配です」

海沿いということもあり、海風で体温が下がってしまうのを心配しているというのは分かる。けど、冗談を本気で受け取られることほど恥ずかしいものはない。

再び馬車に乗り込み、丘を駆け上がること数十分。丘の一番高い位置に建つ見晴らしのいいヴィラの前で停まる。前世では絶対に経験できなかったリゾートの高級一戸建て宿泊施設にたじろぐ。この費用をポンッと支払えるルディの資産が凄すぎる！　この子、いつの間にこんなにお金持ちになっていたのだろうか？

重々しい両扉を付き添いの使用人が開けると、広い玄関ホールが姿を現す。飾り気はないものの床に敷かれた絨毯や階段の手摺りを見ても、屋敷の管理が行き届いていることが窺える。屋敷を一組限定の宿泊施設にするとか維持費だけでも大変そうなのに、それだけ多くの貴族がこのオラール伯爵領に滞在してお金を落としているということなのだろう。

準備で前入りしていたランドール侯爵家の使用人の先導で、寝室に向かう。その後ろを歩きながら、興味深く屋敷を見回した。ランドール侯爵邸よりは小さいが、それでも宿泊するだけなら十分な設備と広さはある。

先導してくれていた使用人は立ち止まると、一際大きな両扉を開けた。

廊下に光が差し込み、その先に見えた景色に驚愕する。

わぉ！　オーシャンビュー！

丘の一番上に建てられている宿泊施設の窓からは、港街が一望できた。

こんな素敵な部屋に泊まれるなんて夢みたい！　まさにセレブの世界ってやつだよね！

お礼を言おうと、隣に立つルディを見上げる。

「このままではレアが風邪を引きます。まずはレアの入浴を」

冷静か。

お礼を言う間も与えられないまま、付き添いで一緒に来ていた使用人達に、無駄のない動きで風呂場に連れて行かれた。なんだか到着早々、お仕事させてしまって申し訳ない……。

入浴を済ますと昼過ぎになっていた。町娘の格好に着替えた私は、仁王立ちでルディが待つオーシャンビューの寝室に登場した。

「さあ！　ルディ、行くわよ！」

気合を入れて声をかけると、振り返ったルディの姿に見惚れる。

いつもの装飾が多い服とは違い、首元が緩いシャツにスラッとしたズボンを穿いた軽装姿に、心の中で親指を立てる。

ルディは何を着ても最高です！

普通の貴族なら装飾が鬱陶しいくらい付いた仰々しい服を着て、馬車で目的地に向かい観光を楽しむのだろうけど、せっかくの港街だ。自分の足で歩いて見て回らないでどうするのよ！　という私の願望をルディは快諾してくれた。そのため王都で軽装を調達し、持って来ていたというわけだ。仰々しい服で観光など動き辛くて無理だからね。

剣を腰に携えたルディは、心配そうに見つめる騎士や使用人達に一声かける。

「夕刻過ぎには戻る」

そのまま無情にも寝室の扉は閉められた。

みんなが心配するのも無理はない。だって主達だけで初めての土地を歩き回らせるのだから。しかし護衛を連れてご大層に歩くと街の人達に迷惑をかけてしまうかもしれないと思い悩んでいた私に、心強い一言が降りてきた。

「俺がいれば護衛など不要です」

さすがルディ。これだけ頼もしい夫はこの世界にはいないかも。いや。小説内でことごとくマリエットを救った、最強ヒーローの王太子・シルヴィードがいるな。

坂を下りながら街を見回す。石畳の整備された綺麗な道。見通しの良い路地には建物が隙間なく立ち並び、人や馬車の往来で賑わっている。

マルクスが話していた通り、丘の上の方は見た目からして豪華な建物が多く立ち並んでいるようだ。歩いている人達も皆、高級そうな服を身に着け、使用人達を引き連れている。

そのまま丘を下り続けると、徐々に貴族らしい人が減り、活気と賑わいを見せ始める。

これこれ！　私が求めていた観光はこうでなくちゃ！

目を輝かせてお祭りの縁日を思わせるような、ずらりと立ち並ぶ活気のある出店に目を向ける。

「王都では見たことがない物ばかりだね」

「日持ちのしない商品は王都に流通することはありませんし、工芸品もそれほど多くは売られていませんからね」

ルディが私の隣に立ちながら、出店の商品に目を通す。

「果物とか王都で留守番してくれている皆にも食べさせてあげたかったけど、無理そうだね」

なんたって王都まで一週間かかる道のりだ。生の果物など到着する頃には傷んでしまう可能性は十分ある。

「違う使用人達を連れてまた来ればいいではありませんか」

何気ない提案に顔が綻ぶ。その提案が私にとってどれだけ嬉しいことか、ルディは知らない。今まで『来る終末の日』のことばかり考えていた人生だった。小説の話が変わった今、これからは自分の進むべき道を二人で歩んでいきたい。

「そうだね！　また来ればいいよね！」

笑顔で返答すると、そっと私の頬に手が添えられた。

「……これからは一人で抱え込まずに、レアがしたいことは何でも俺に相談してください。妻の望みを叶えるのは、夫である俺の役目ですから」

「私のしたいことを何でも聞いていたら、きっとルディが嫌になっちゃうよ」

それこそ断罪の憂き目に遭うかも……。

「俺がレアを嫌になることなど、踊りでレアが俺を先導できるようになること以上にあり得ません」

確かにそれは絶対あり得ないね。それでも悔しさがにじみ出てしまうのは、なぜだろう？

「だからどんなことでもいいので俺に相談してください」

無表情だが、どこか不安げに見えるのが気にかかる。

今回の散策もそうだが、どちらかといえば私の我儘を叶えてくれているのだから、不安そうにしていることが理解できない。だけど少しでもその不安が取り除けるなら……。

「分かった。何かあれば一番に相談するね！」

ルディの添えた手に頬をすり寄せ笑いかけると、親指の腹で優しく頬を撫でられる。そしてゆっくり顔が近付き……。

ストップ!!

「人前だから」

不満そうに眉を寄せるルディの口を両手で押さえる。人の往来がある街中で堂々とキスができるほど、私は強心臓を持ち合わせてはいない。諦めて体を起こすルディに安堵したのも束の間。突然抱き寄せられた。

な……何⁉　人に見えなければいいとか、そういうこと⁉

ドキドキと胸を高鳴らせていると、耳元から溜息が聞こえてくる。

「確かにここでは人の邪魔になりますね」

残念そうな声に周囲を確認すると、先程まで私がいた地点に親子の姿があった。どうやら私が通行の邪魔をしていたようだ。謝罪の意味でペコリと頭を下げると、母親も申し訳なさそうに頭を下げて去って行った。

あの申し訳なさそうな表情……まさかキス未遂シーンを親子に見せてしまった⁉　これは大反省！

恥ずかしさと申し訳なさから親子を見送っていると、子どもが手に持つ物が目に入る。

「あれ、美味しそう……」

目に付いたのは、穴の開いたパンの中央に具材が敷き詰められた食べ物だ。

「あそこの屋台で販売しているみたいですね」

私から体を離したルディが、美味しそうな匂いのする屋台を見つめた。

漂ってくる匂いに、ゴクリと唾を飲む。

食べてみたいけど貴族が屋台で売っているものを食べちゃ駄目だよね？

王都でも私は町娘を装ってこっそり食べていたけど、本来貴族のマナーとしては論外だ。私のように前世の食べ歩き文化の素晴らしさを知っていれば話は別だが、生粋の貴族からしたらきっと抵抗があるはず。

チラリとルディを窺う。

「せっかくの旅行ですし、食べてみますか？」

「いいの⁉」

まさか提案してくれるとは思わなかった！　目を輝かせると、ルディが口元を緩める。

「王都でもレアはよく、屋台の食べ物を口にしていましたからね」

「え⁉　見てたの⁉」

正確には監視されていたのか？　というところだろう。

クラヴリー公爵令嬢だった時に街に遊びに行くと、必ずといっていいほど屋台に立ち寄っていた。だって屋台の食べ物って美味しいんだもん。内緒で食べていたつもりなのに、まさかそんな姿まで見られていたとは……。

早速屋台に向かい、メニューからそれぞれ注文した。

差し出された料理は焼いたエビや白身魚の具が入っていて、見た目からして美味しそうだ。パンローネとか言っていたけど……コロネのような貝殻形の生地の中に、チョコではなく具材が詰められている。パンとコロネでパンローネ……とか？

二人で、近くに設置してある石造りのベンチに腰掛ける。

「美味しそう！」

私はトマトソース味、ルディは塩味をチョイスした。

一口パクリ。

「う〜ん！　最高！」

口の中にトマトの酸味と魚介の旨味が凝縮された至極の一品！　解説者気取りだが、要は旅行先の食べ物は何を食べても旨いということだ。

二口目を食べようとした時、私の唇の横を長い指で拭われる。

「口に付いていましたよ」

拭われた指の先にはトマトソースが付いており、拭い取った指はそのままルディの口へ一直線に向かう。その仕草に瞬く間に顔が赤くなる。道行く人達からも「まぁ！」と驚きの声が聞こえてくる。

ひ……人前なんですけど!?

しかし当の本人は周囲の目など全く気にしていない様子だ。

「レアの方も美味しいですね」

「ル……ルディ」

「はい？」

「今は人の目もあるし……」

「？　口元を拭っただけですよ」

ルディ的にはキスをしていないのだから、何が問題なのだと言いたいのかもしれない。

だけど！　間接的にはしてますから!!

周囲から生暖かい目が向けられる。

は……恥ずかしい！

「場所変えよう！」

周囲の視線に居たたまれなくなった私は、ルディの手を引きその場を離れた。

人通りが少ない場所で、座れるところを見つけて一息吐く。

「嫌でしたか？」

座らずに立ちっぱなしのルディに尋ねられて、顔を上げた。無表情だがどこか悲しそうな声音に驚く。先程のお願いの件といい、もしかして私の行動が不安にさせている？

咄嗟に立ち上がり、強く握りしめられた手を掴む。

「嫌とかじゃないから！　その……こういうのに慣れていなくて、人前では恥ずかしいというかなんというか……」

「では人前でなければいいのですか？」

期待するような眼差しを向けられて、一瞬怯み手を離す。人前でなければリミッターが外れてしまうのだろうか？　なんたって相手はあのルディウスだから。

「夫婦になったとはいえお互い恋愛初心者なのだし、もうちょっとお手柔らかな感じで距離を縮めていきたいかな〜って……」

ルディは積年の想いが積み重なって私に触れていたいと言っていたけど、私は抱きしめられただけで心臓が破裂しそうなくらい大変なのだ。

チラリと窺うと、何かを考え込んでいるようだ。

そりゃあ夫婦なのだし、いつまでも姉弟のような関係でいられないのは分かる。だけどルディはもう少し自分の見目を自覚して欲しい！　あんな色気のある綺麗な顔で毎回迫られたら、私の心臓が持たないから!!

「分かりました」

そう言うと、私の目の前に手が差し出される。

「手を繋いで歩くくらいなら許してくれますか？」

なんだかんだ言っても、私に無理強いをさせない。こういう優しさがあるところが本当に好きだ。温かな手を取り、満面の笑みを向ける。

「ありがとう。大好きだよ！」

今の素直な気持ちを伝えると、握る手にわずかな力が込められた。

「やはりもう少しだけ踏み込んでもいいですか？」

無表情だが、どこか熱を帯びたような瞳が私を見据える。

自分の欲望に忠実なところは、やっぱりルディウスだわ。

仲良くパンローネを食べた後は、手を繋いで街の散策を再開した。街道には取れたての新鮮な食品や、王都では見かけない工芸品の出店が立ち並ぶ。

「どうやら伯爵領の市場は、他国の品と伯爵領の品が半々で売られているといったところでしょうか」

「見ただけで分かるの？」

私なんかどれを見ても目新しく感じてしまう。

「輸入されている品がどういう物かくらいは、ある程度把握していますから」

そんな細かい部分まで勉強しているんだ。勉強に熱心に取り組んでいた幼少期の頃の横顔と重なる。

公爵令息の義務として、真面目に勉強に取り組んでいたルディ。私は隣でその姿を見ながら、いつも褒めてあげたい気持ちに駆られていた。

自然と手を伸ばし、ルディの頭を撫でる。

「いつも頑張っていて偉いね」

「……」

一瞬驚いたように目を見開かれるも、すぐに物言いたげな目で見つめられた。その表情に慌てて撫でていた手を引く。

そう言えば以前も頭を撫でたら、『成人女性が成人男性にするような行為ではありませんよ』って注意されたんだった！

「こ……これは、その……愛情表現よ！」

咄嗟に前回と同じ言い訳をするも、ルディの表情は無表情のままだ。心の内が読めず嫌な汗が流れる。緊張が最大限に達したところで、突然大きな溜息を吐かれ思わず肩が跳ね上がる。

「仕事として当然のことをしているだけです。それに殿下の子守の方が大変ですから」

冗談を交えながら話す顔は、無表情だがいつも通りの優しい目に戻っていた。

「子守なんて言ったら怒られるよ」

安堵した気持ちを押し出しながら注意する。怒っているわけじゃなさそうで良かった。

それにしても本来なら『子守』など不敬になる発言だが、これも二人が仲良しだからこそ許されているのだろう。対立するはずだった二人が、こんなに仲良くなるなんて誰が想像できただろうか。私とルディの関係もそうだけど、出会ってからの接し方で人間関係って大きく変わるのだということをつくづく考えさせられる。

「そういえば殿下にもお土産を買って帰らないとね」

見上げると、ルディは正面を向きながら嫌そうに眉を顰めた。

「レアが殿下のことを気にかける必要はありませんよ」

私が殿下のことを考えたから、拗ねているのかな？　冷たく言い放つルディの手を放し、正面に立ち塞がる。

「何を言っているの！　仕事が円滑に進むように、夫の職場を気にかけるのは妻として当然の務めよ！」

上司である殿下とはこれからも良好な関係を築いてもらいたいからね。

「俺のため……ですか？」

「当たり前でしょ」

ルディの表情が心なしか緩まったような気がする。

「ではお忍び用の服などどうですか？」

唐突に顔を上げたルディの視線の先を振り返る。街の外れに建つ一軒家のショーウィンドウに飾られた服が目に付く。

「さすがにお土産に服は……」

民族衣装ならまだしも……民族衣装も着る機会がなくて、貰っても困りそうな気がする。

「お忍びでよく王都を出歩いているので、喜ぶと思いますよ」

そうでした。マリエットと知り合うきっかけは、『お忍びで街に来ていた王太子』に助けられるでした。お忍び好きにした犯人は私だわ。それでもお土産にどこでも買えるような服を贈られて喜ぶ人はいないんじゃないかな？　逆にルディは何をもらっても反応しなさそうだけど……。なんせこれまであげた数々の趣向を凝らしたビックリする誕生日プレゼントも、ことごとく無表情を返されたからね。

「お土産だったら、その土地の名産品とかの方がいいんじゃないかな？」

「レアがそう言うのでしたら、殿下へのお土産は別の物にしましょう。『妻』の仕事を取るわけにはいきませんから」

やたら『妻』を強調するのだけど……気に入ったのかな？

その後も散策をしていると、夕方になっていた。そろそろ帰る時間に、丘を上がろうとしたところでルディが足を止める。

「……凄いですね」

振り返ると、立ち止まりぼう然と海の方を眺めるルディがいた。その視線の先には沈みかけの夕日に照らされた雄大な景色。青とオレンジが混ざり合った空へと続くように、海面には沈みかけの太陽が作り出す一筋の光の道が通っている。言葉が出ないと形容してもおかしくないほどの絶景だ。ルディが圧倒されるのも分かる気がする。

「海とはこんなに凄いものなのですね」

お互い生きることに必死で、旅行をするなど今までは考えもしなかった。色々なしがらみから解放されて、ようやく訪（おとず）れた穏（おだ）やかな時間。二人でこの景色を見られただけでも、海を選んでよかったと思える。

「感動した？」

嬉（うれ）しくなり笑いかける。

「ええ。凄く綺麗です」

夕日が眩（まぶ）しくてよく見えないが、見つめ返された顔は微笑（ほほえ）んでいるようにも見える。握（にぎ）っていた手に力を込めた。

「これからも二人でたくさん旅行に行こう。そこにはきっと、今までに見たことがない素敵（すてき）な景色がいっぱいあるはずだから」

これがルディにとって、初めて歩く外の世界。世界にはまだまだたくさんの素晴（すば）らしいものがあることを、一緒（いっしょ）に見ていきたい。

ルディの隣に寄り添（そ）い、彼の肩に頭を乗せる。

「レア。あなたに出会えて俺は幸せです」

とろけるほどの甘い声にくすぐったさを感じてクスリと笑う。

「私もルディの傍（そば）にいられて幸せだよ」

寄りかかるように頭の重みを預けて、二人で沈む夕日をいつまでも眺めていた。

日も沈み、手を繋ぎながら宿泊先に向かい急ぐ。夕刻過ぎには帰ると言っていたから、今頃みんな心配しているかも……。

丘の上の方にさしかかったところで、一台の馬車が私達の前に止まる。中から出て来たのは、いかにも貴族ですと触れ回っているような高圧的なお腹と雰囲気の、恰幅のいい中年男性だった。

「下層の人間が上層に足を踏み入れるな。汚らわしい」

目が合った直後に放たれた、侮蔑が込められた言い方に思わず顔をしかめる。マルクスも上層下層と分けてはいたけど、歩ける場所まで差別してるってこと？　道路は公共の物なのだから、誰が歩こうが勝手じゃないの？

「俺達はこの先の宿に泊まっている宿泊客だ」

偉そうな貴族に対してもルディは毅然とした態度で対応する。しかし貴族は益々顔を歪めてルディを睨んだ。

「お前は誰に向かって口を利いている。私は隣の港町の領地を治めているドブレ子爵だ。平民如きが口を利けるような相手ではない！」

「子爵なら、侯爵である俺に対して不敬な発言をしていることくらい理解するべきだろう」

怒鳴る子爵に対しても物怖じしないルディは、必殺技の無表情で子爵を威圧する。

その隣で、『そうだ！　そうだ！』と心の中でルディを応援する私。私は偉そうにでき

る立場ではないけどね。

「侯爵？　お前みたいな小汚い子どもがか？　ハッハッハッハッハッ！　笑わせてくれる。儂の息子でももう少し威厳があるぞ」

小汚いとはなんだ！　その出っ張った腹を引っ込めて出直してこい！

心の中で怒りをぶちまけていると、私達の後ろからひ弱そうなキザっぽい若い男がしゃしゃり出てきた。

「今、僕の話をしていましたか？」

いかにもお坊ちゃんといった感じだ。

「買い物は済んだのか？　ちょうど今、お前の方がこの子どもよりも威厳があると話をしておったところだ」

子爵が顎で偉そうに私達を指すと、子爵令息が私達の頭から足先までを馬鹿にしたような目で観察し始めた。ルディは令息の目に触れさせないよう、さりげなく私を背に隠す。

「顔は良さそうですが、身なりが貧相ですね」

「これで貴族だそうだ。おそらく貧乏過ぎて買う服もないのだろう」

あきれたように鼻で笑う子爵を睨んでいると、令息の嫌な視線を感じた。

「貧相なのに女連れとは良い身分だな。そんな男より、僕のように将来を約束された男の方が君も幸せになれると思うよ」

子爵令息が下品な笑みを浮かべながら私に手を伸ばそうとしてきた。しかしその手は私に触れる前に後ろに捻じられる。

「痛たたた……！　腕が折れる!!」

「気安くレアに触るな」

令息の腕を捻じりながら、殺気立つルディに子爵と令息の顔が青ざめる。

「な……何をしている！　警備兵！　早くこの男を捕まえろ!!」

恐怖を感じた子爵が大声で叫ぶと、街を巡回していた警備兵達が駆け付ける。

「ルディ！　駄目！」

咄嗟にルディの腕を掴んで止めると、強く握られていた手がようやく緩まった。慌てて離れる令息と入れ違いに、駆け付けた警備兵達が私達を取り囲む。

「こいつは息子に暴行を加えただけでなく、貴族だと嘘を吐き、子爵である儂を騙そうとした！　オラール伯爵に言って、重い罰を与えてもらう！」

警備兵達が、じりじりと寄る。

「そいつを捕まえておけ！　儂らは伯爵邸に向かうぞ！」

子爵はまだ腕を痛がっている息子を連れて、馬車に乗り込み走り出す。剣を構える警備兵達に、私の顔から血の気が引いていく。

このままじゃルディが捕らえられてしまう！

慌てて弁明しようと前に出ると、止めるように背後から引き寄せられる。

「落ち着いてください、レア」

「でも！　このままじゃルディが――！」

「大丈夫ですから」

そう言うとルディは、腰に下げていた剣を鞘ごと抜き警備兵達に見せた。最初は大人しく投降するのかと思った警備兵達も、鞘に目を向けた途端に顔色が変わる。そして悪人扱いから態度が一変した。

「し……失礼致しましたランドール侯爵閣下！　どうかお許しください！」

全員が一斉に跪く。

何をしたの？

「お前達は仕事をしただけだ。気にする必要はない。悪いのは思い込みだけで行動した、あの子爵親子だからな」

事態が呑み込めず首を傾げていると、ルディが鞘の中央部分を見せてくれた。そこに刻まれていたのは王家の紋章だった。

そうか！　ルディは王宮騎士だから、剣は王宮から支給されているんだ！

地方でも王家の紋章を知らない者はいない。一伯爵に雇われた警備兵から見たら、その紋章が刻まれた剣を支給されている王宮騎士は神的存在にあたる。それに今、この街に来ている王宮騎士はランドール侯爵であるルディだけ。だから紋章を見て警備兵達も瞬時に判断できたのだろう。

「こんな凄い身分証があるのに、どうして子爵の時に見せなかったの？」

「あいつらは自分達の都合のいいように解釈して、盗んだ物だとか言い出しそうでしたので、見せるだけ無駄だと判断しました」

確かに言い出しかねないかも。態度も体も大きな子爵と、キザっぽく薄ら笑いする令息の姿が目に浮かぶ。失笑していると、剣を腰に仕舞いながらルディがとんでもない一言を口にする。

「たまには王家の威光というのも役に立ちますね」

国のトップをここまで蔑ろにできるのは、きっとあなたくらいです。やっぱり殿下へのお土産は、ちゃんとした物を買って帰った方がよさそうだ。

トラブルもあったが無事、宿泊施設に到着した。ドッと疲れて寝室に設置してあるソファーに腰をかける。

「ごめんね。私が町娘の格好で街を歩き回りたいなんて言ったせいで、酷い目に遭わせちゃって……」

しょんぼりと俯きながら、隣に座るルディに謝罪した。

「レアのせいではありません。無知な奴等が悪いだけですから」

慰めるように私の髪を一房持ち上げたルディが、慈しむように髪にキスを落とす。

「王都では若くても王家に仕えている者もいるため、年齢関係なく爵位が重視されます。しかし地方では、領地運営をしている貴族を大貴族としてみなす傾向にありますからね。そのため爵位持ちは年配の人間が多く、俺のような年頃の人間は半人前扱いするのでしょう。本当に見た目でしか判断できない愚かな人間達です」

髪から口を離した直後、持ち上げていた私の髪をジッと見つめながら無表情でまくし立てた。

じょ……饒舌だね。怒っているのかな？　そりゃあ怒るよね。町娘の格好で出歩きたいなんて我儘を言わなければ、こんなことにはならなかったわけだし……。

落ち込んでいると、隣から歯を噛みしめる音と共に怒りの呟きが聞こえてくる。

「俺がレアに触れるまで何年費やしたと思っているんだ。気安くレアに触ろうとしたこと、絶対に許さない」

え？　怒っているとこ、そこ？

ルディのよく分からない沸点に戸惑っていると、使用人が伯爵領領主のオラール伯爵の来訪を告げに来た。

こんな時間に来訪？　一体何の用で？

そういえば子爵が、オラール伯爵に重い罰を与えるように言いに行くとか意気込んでいたよね。ルディが私を助けるためとはいえ、子爵の息子の腕を捻ってしまったのは事実だし、警備兵から現場の話を聞いた伯爵が捕らえに来たとか!?

「分かった。すぐ行く」

焦る私とは対照的に、落ち着いた様子のルディがソファーから立ち上がる。

「ま……待って！　もしオラール伯爵が捕らえに来たとしたら……！」

「大丈夫ですよ。あれは正当防衛ですから」

「それで通じる相手ならいいけど、もしオラール伯爵がドブレ子爵親子みたいな人だったらどうするのよ!?」

証言者は多いに越したことはない。そう判断した私も付いて行くことにした。

二人でオラール伯爵が待つという応接室に移動すると、人の好さそうな顔の背の低い、小太りの男性がソファーに座っていた。何より印象的なのは、音楽の教科書でも見たことがあるような、ボリュームのある金髪のフワフワの長い髪。……ウィッグ……でいいんだよね？

男性は私達の姿を見るなり、慌てて立ち上がり頭を下げた。

「警備兵から事情を聞きました。知らなかったこととはいえ、我が領地の警備兵が無礼を働き、申し訳ありませんでした」

オラール伯爵は縮こまりながら、申し訳なさそうにハンカチで何度も汗を拭った。警備兵が捕らえようとした人物がランドール侯爵と聞き、急いで訪問したのかもしれない。この様子なら捕らえに来たわけではなさそうだ。ペコペコと恐縮し通しのオラール伯爵に安堵する。

「すぐに誤解は解けたので、伯爵が気にする必要はない」

ルディはソファーに腰をかけながら、頭を下げる伯爵に向かいの席に座るよう促す。その姿を見ながら、私もルディの隣に腰かけた。

「寛大なお心に感謝いたします」

小さな体をさらに小さくさせながら、再び伯爵はソファーに座る。そしてテーブルに置いていた手紙を恐る恐るルディに差し出した。

「お詫びに、五日後に我が家で夜会を開くことに致しました。そこで今回のようなことが二度と起こらないように、地方の貴族達にお二人を周知する予定です。ですから是非、お二人にはご参加頂けないでしょうか？　オラール伯爵領以外の周辺の港町を治める領主達も集まる夜会ですので、交流も深められるかと存じます」

招待状に目を通すルディの眉間にわずかな皺が寄る。乗り気じゃないのね。

「我々は新婚旅行の最中なので、できれば妻と二人で過ごす時間を減らしたくはない」

ルディの妻という言葉に……なんだか照れる。ニヤけそうになる頬を誤魔化すように、用意されていたお茶を口に含む。

「そう仰らずに、参加して頂けないでしょうか？　着飾られた侯爵夫人のお姿はきっと素敵なんでしょうね」

突然こちらに振られてお茶を噴き出しそうになる。なんで私⁉　王都の夜会でも散々私の着飾っている姿を見ているルディが、そんな巧言で折れるわけが――。

「悪くないな」

折れた⁉　ポキッと折れたよ！

「レアはどうですか？」

心なしかキラキラとした瞳で、隣に座る私に目を向けてきた。そんな期待に満ちた目で見つめられて、拒否できるとお思いですか？

「ル……ルディがいいなら……」

「では出席しよう」

即答。

「ありがとうございます！」

嬉しさのあまり両手で握るオラール伯爵と、固い握手を交わすルディ。

先程まで渋っていたのは何処へやら。

本当にこの子の心変わりどころが摑めないわ……。

第二章　悪名高い女海賊

　翌日。昨日の反省を活かして今日は貴族らしい服装で、夜会用の衣装を購入するためマルクスが営んでいると言っていた高級衣装店に出向いた。白を基調とした建物には、ところどころ細かい模様が彫刻されており、扉の取っ手は金色という来店客を意識した造りになっている。

　入店早々、出迎えた店員が眉を顰めた。

「当店ではお子様が買えるような品は、置いておりませんが……」

　お子様って私達客ですよ？　悪役顔の私に似合うドレスはないと言われてしまえばお終いだが、せめて試着くらいさせてくれてもよくない？

　店員のあまりにも横柄な態度に、外向け用に取り繕っていた頬が引きつる。昨日ルディが言っていた、『若いと半人前』がここでも作用しているようだ。

「この店を経営しているマルクスという者の紹介で来たのだが？」

　ルディが道中の馬車に同乗したマルクスの名前を出すも、雇い主を呼び捨てにされたことが不快だったのか店員の眉がピクリと動く。そして私達を小馬鹿にするように鼻で笑う。

「マルクス支配人があなた方のような子どもを招待されたと仰るのですか？　社交辞令を招待と受け取るなんて、いかにも子どもが考えそうなことですね。支配人はこの辺りを治める領主様を相手に商売をなさっている方です。そのため私達が手掛けるのは高額な衣装だけですので、申し訳ありませんが他の店をあたって頂けますか？　なにぶん当店は今、近々行われる伯爵家の夜会の準備で多忙を極めておりますので」

　店員は最後まで小馬鹿にしたように笑いながら、他の如何にも貴族といった雰囲気の客の所へと行ってしまった。

「伯爵に抗議しに行きましょう」

　店員の取り付く島もない対応に、ルディは私を連れて店を出るため歩き出す。

　確かに伯爵に頼めばマルクスを呼んでくれるだろうから、すぐに対応はしてくれると思う。でも客をあんな邪険に扱う店員が作ったドレスを着るのも嫌だな。

「そういえば街の外れにも衣装店があったよね。一度覗いてみない？」

殿下への土産にお忍び用の服の話をしていた時に見た、ショーウィンドウに飾られていた服を思い出す。あそこも衣装店ではあるよね。

「しかし夜会用の衣装を売っているような店には見えませんでしたよ？」

「売っていないかもしれないけど、お店に用意できないか相談してみてから、伯爵に抗議しても遅くはないと思わない？」

「レアがそう言うのでしたら、俺はそれで構いませんよ」

こうして昨日訪れた、街外れの衣装店に向かった。

街の外れということもあり、衣装店の前は人通りが少なくひっそりとしている。しかしショーウィンドウに飾られている服は、海沿いにはぴったりの服でセンスの良さが窺える。センスのない私に褒められても店主も嬉しくはないだろうが、ルディも感心したように飾られている服を眺めているところを見ると、あながち間違いでもないようだ。

店に入ると、赤茶色の髪を三つ編みにした人当たりのよさそうな若い女性が慌てて迎え入れてくれた。

「い……い……いらっしゃいませ!!」

普段着を売る店に高そうな装飾を身に着けた二人組が入店すれば、驚くのも無理はない。

「こちらのお店で夜会用の衣装などは扱っていないかしら?」

萎縮する店員を怖がらせないように穏やかに話しかけるも、私の言葉に店員は萎縮するどころか硬直した。

「や……夜会用……ですか……」

駄目もとで聞いてはみたけど、やっぱり売ってないよね。店員の反応でいち早く察知する。気は進まないけど伯爵にお願いして、マルクスの店で購入するしかないか。

店員に断りを入れようとした時だった。チリンチリンと扉のベルが鳴り、大きな紙袋を抱えた女性が入店してきた。

「おや？　邪魔したかい？」

「カリーナさん。用事は済んだのですか？」

店員が入店してきた女性に声をかける。カリーナと呼ばれた女性はシャツの上にベルトを巻き、スキニーのパンツとブーツを履いている。首には青色の綺麗なグラデーションの羽飾りを付けており、新緑色の長い髪をポニーテールでまとめた、海のように深い青緑色の瞳をした凛々しいお姉さんだ。

「ああ。いつもありがとう」

カリーナは長い脚を数歩進め持っていた紙袋を、レジが置かれているカウンターの上に置いた。あの長さ……羨ましい……。

カリーナのあまりのスタイルの良さに魅入られていると、切れ長の青緑色の目が私を見据える。

「それで？　貴族がこの店になんの用だい？」

私達を警戒しているのか、探るような視線を送ってくる。

「こちらのお客様が夜会用の衣装を探していらっしゃるようなのです」

店員が説明すると、カリーナは訝しそうな顔で店を見回す。見ての通り、この店には売っていないと言いたいのだろう。

「貴族のお坊ちゃまとお嬢ちゃんがわざわざ平民の店にまで足を運んで、嫌がらせに来たのかい？　お貴族様は上層にだけ出入りしてくれればいいのに、今度は下層にまで進出して完全に平民を追い出そうって魂胆なんだろ？」

カリーナは長い脚を組みながら、カウンターの近くにあった椅子に腰かける。確かに貴族の格好で、ドレスが売っていなさそうな店に入れば誤解されても仕方がない。しかも子爵の態度を見ていても、貴族が良い印象を抱かれないのは分かる気もする。

「誤解させてしまい申し訳ありません。もうすぐ開かれる夜会のために、衣装を用意したかったのですが……」

言いかけたところで、ルディが私を庇うように前に出てきた。

「お前は何者だ？」

カリーナと睨み合ったルディから、ピリピリと張りつめた空気が漂う。一触即発の空気に戸惑う。突然どうしたの⁉

「見ての通りの平民だけど？」

「ただの平民にしては、訓練されたような足音の消し方だったな」

ど……どういうこと⁉　状況が全く呑み込めない私と店員を差し置いて、カリーナが不敵に笑う。

「へえ……気付いていたんだ。それで？　そんな威圧してきて、私を捕らえるつもりなのかい？」

ルディは私の肩を抱きながら、出口に体を向ける。

「……いや。せっかくの新婚旅行をふいにするつもりはない。たとえあんたが極悪人だったとしてもな」

そのままルディに背中を支えられて、店を出ようと足を踏みだした時だった。カリーナが声をかけてきた。

「新婚旅行って、あんた達もしかしてランドール侯爵夫妻かい？」

驚いて二人で振り返ると、カリーナが面白そうに笑う。

「有名なランドール侯爵夫妻がこの街に新婚旅行に来るって噂になっていたけど、まさかあんた達とはね。そりゃあその見た目じゃ、上層の人間は誰も相手にしてくれないだろう」

子どもっぽいって言いたいのかな？

「夜会用の衣装が欲しいって言ってたね。それ、私が用意してやるよ」

衣装店の店員って感じじゃないけど、どうやって用意するつもりなんだろう？

カリーナの突然の申し出に訝しんで見つめていると、店員が良い案だとばかりに手を叩く。

「カリーナさんは顔が広いですから、お任せすればきっと素敵な衣装を用意してくれると思いますよ！」

人柄の良さそうな店員と仲良くしているところを見ると、カリーナは根っからの悪人という感じではなさそうだけど……。

「悪人かもしれない奴が用意した衣装をレアに着させられるか」

遠慮なく言っちゃったね。

「じゃあ上層の人間に頼むのかい？　あいつらだって平民と見れば酷い仕打ちをする悪人だよ？」

確かにドブレ子爵や、今日の高級衣装店の店員を見ていても善人とは言い難い。

「カリーナさんにお願いしようよ」

「レア⁉」

「もしこの人が本当に悪い人なら、あの店員さんが親しくしていないと思うの」

ルディとカリーナの一触即発に私同様、店員さんもオロオロしていたが、どちらかといえばカリーナのことを心配しているようだった。そこから見ても、二人は親しい間柄な気がする。というより貴族らしい貴族しかお客として見ていない店員が用意したドレスを着るくらいなら、悪人っぽいけど民には優しいカリーナが用意したドレスの方を着たい。

「でもどうして突然衣装を用意してくれるなんて言い出したのですか？」

私が尋ねるとカリーナが即答する。

「あんた達に借りを作らせようと思ってね」

まさか借金取りじゃないよね？　知らない間に利息が膨れ上がっていたとか……。法律事務所に相談に行かなきゃ。というよりこの世界に法律事務所なんてあったかな？　変なことに巻き込まれないとも限らないし、やっぱりカリーナにお願いするのは止めた方がいいかもしれない。

「いいだろう」

「ルディ!?」

「ただしレアの衣装には黒を、俺の衣装には青紫を必ずどこかに入れた物を用意しろ。これは必須条件だ」

重要なの、そこですか!?

借りが何かということよりも己の欲望を優先するルディに、さすがのカリーナもあきれ顔である。王都に帰ったら、法律事務所を立ち上げることから始めた方がよさそうだ。

明日には用意してくれるということで、今日は一旦帰宅することになった。

「本当によかったの？」

私からお願いしようと言い出したことだが、借りがどれだけ膨れ上がるか分からないだけに怖い。

「大丈夫ですよ。もし変な要求をしてくるようなら、捕らえるだけですから」

まさかの強制執行!?　相手が悪人と踏んでの計画!?　それは法律事務所もビックリの解

決方法だよ。

「それに明日の衣装を見て駄目そうなら、マルクスの衣装店にお願いすればいいだけのことです」

果たしてそれは『お願い』になるのだろうか？　準備期間がそんなにないことからも、有無を言わせず作らせそうな気がする。

サイズを測りたいとの店員の要望もあり、次の日も店に行くことになった。店に入ると金色のスレンダーラインの綺麗なドレスが飾られていた。シンプルだが上品なデザインに魅入られる。これなら参加する貴族達に、子ども扱いされずに済むかもしれない。

「今朝方、カリーナさんが届けてくれたんです！」

昨日の今日なのに、もう用意してくれたの!?　どこかの元暗殺者みたい……。仕事の三原則を思い出し、苦笑する。

トルソーにかけられたドレスを整えながら、店員が嬉しそうに話す。その様子とは打って変わって、隣ではショックそうな声で呟く人物がいた。

「……黒が……どこにもない……」

打ちひしがれるような呟きに、店員が慌てて補足する。

「カリーナさんに考えがあるようで、明日まで時間が欲しいそうです。なので今日は、採寸して衣装のお直しだけさせて頂けたらと思っています」

「ごめんね。なんだか無理なお願いをしちゃって……」

ドレスがない店でドレスを出せと言ったり、難しい黒色を取り入れろと我儘を言ったり……。

「いいんです！　こんな素敵な衣装に携われるだけでも、夢のようですから！」

三つ編みを大きく左右に振ってくれる店員に感動した。なんて純粋でいい子なの！　これだけでこの店にお願いして良かったと思える。

こうして今日は採寸だけして、夜会前日までに仕上げておくと店員に言われて店を後にした。

店を出ると、一台の馬車が停まっていた。下りてきたのはなんとマルクスだった。

同じ衣装店だし、この店に何か用事でもあるのだろうか？

店に入るのかと思いきや、マルクスは私達の前に立ち、シルクハットを外して深く頭を下げる。

「昨日は来店して頂いたにも拘わらず、私の店の者が無礼を働いたようで、申し訳ありませんでした。あの者は即刻解雇を言い渡しました。お詫びに今からでも、お二人の衣装をご用意させては頂けないでしょうか？」

まさか謝罪するためだけに、私達を捜して待っていたというの!?　自分がいないところで、私達を追い出してしまっていたことが相当応えているのかな？　確かにあの店員の対応では、貴族によっては『こんな扱いを受けた！』と王都で噂を流される恐れがある。そうなれば王都での取引も不利になるし、私達を捜し回ってまで信用を取り戻そうと躍起になるのも分からなくはない。

マルクスは手に持っていたデッサン画を私達に差し出す。

そこに描かれていたのは、カリーナが用意したシンプルな衣装とは打って変わって、装飾が豪華な衣装だった。

なるほど。これがお子様には買えない高額な衣装ってわけね。無駄に装飾を使うことで、衣装の料金を引き上げているようだ。でもこれだと重くて動きにくそう。それにゴテゴテしていて、あまり私の好みではない。

断りたいけどお金を支払うのはルディだから、賛成なら従わざるを得ない。

横目で隣を窺う。

「悪いが衣装に関しては用意ができているから結構だ」

ルディからの予想外の返答だった。先程店に置いてあったドレスには黒が入っていなかったし、カリーナを警戒していたから、マルクスにお願いするのではと思ってた。

ルディは無表情で、デッサン画をマルクスに突き返す。

「お気に召さないのでしたら修正致しますので、是非私に任せては頂けないでしょうか？」

確かに王族と深い繋がりのあるランドール侯爵夫妻の衣装を担当したとなれば、王都の商人達にも一目置かれて取引もしやすくなるだろう。

引き下がろうとしないマルクスに、ルディは小さく溜息を吐く。

「店員の指導が行き届いていなかった時点で、お前への信頼は地に落ちている。残念だが、見た目で人を判断するような奴等が触った衣装をレアに着せたくはない」

表情は変わらないが、突き返されたデッサン画を持つマルクスの手に、心なしか力が加えられたように見える。自分の店の痛いところを突かれたらいい気分はしないよね。でもマルクスだけじゃなく、カリーナの時も似たようなことを言ってはいた。そう思うとルディが一番信用しているのは、私のマーメイドドレスのデザイン画でヒートアップした永遠のライバル、王都のマダムなのかもしれない。

ルディは冷ややかにマルクスを見下ろすと、私の手を引いて馬車に乗り込んだ。

「私達がここの店にいるって調べたのかな？」

後部の小窓を覗き込み、走り出す馬車を突っ立ったまま見つめているマルクスに視線を向ける。

「調べるまでもないと思いますよ。馬車でここまで来る人間など限られているでしょうから」

確かに徒歩の人が多いこの街道を、高級な馬車で移動すれば目立つよね。マルクスが見えなくなり、前に向き直る。

「でもわざわざここまで謝罪しに来るなんて、律儀な人だね」

「俺を怒らせたくなくて、一刻も早く謝罪をしたかったのでしょう。宿泊先を訪ねても商人では追い返されると思い、ここで待ち伏せをしていたと考えるのが妥当ですね」

確かにルディを怒らせると怖いからね。

エドワール侯爵の事件でルディが私を助けに来てくれた時のことを思い出し、身震いをする。エドワール侯爵に銃を向けられるよりも何よりも、助けに来てくれたルディが一番怖いってどうなのよ。崖から飛び降りた方が安全だと思わせるだけの迫力はあったよ。

恐怖で震えただけなのだが、私が寒がっていると勘違いした隣に座るルディが、即座に上着を脱いで私の肩にかける。まさか震えの原因はあなたですよとは言えない。

上着をかけ終えると、私を抱き寄せながら尋ねてきた。

「勝手に断ってしまいましたが、レアは奴の衣装の方が良かったですか？」

マルクスの衣装に比べて、カリーナが用意した衣装が想像以上にシンプルなのを心配しているのだろう。黒色も入っていなかったからね。

「私はゴテゴテした衣装より、スラッとしている方が好きかな」

スラッとなるほど体形に自信があるわけでもないけどね。……それにしても擬態語が多いな。

「俺もレアの体形が綺麗に見える衣装が一番好きです」

私の手を取り口付けるルディに、顔が赤くなる。

こういうことをサラッとされると、ドキドキが止まらなくなるから！


夜会開催まで残り二日となった今日は、衣装の手直し待ち中ということもあり特に予定がないため、観光を楽しむことにした。しかし初日と違うのは、今日は貴族としてお供を連れて貴族達が買い物をする店を回ることにしたのだ。また変な騒ぎになって、ルディに迷惑をかけたくないからだ。ルディは気にしなくていいと言ってくれたが、少しは自分が貴族夫人であることを自覚するべきなのかもしれない。年齢で馬鹿にされないかは心配であるが……。

こうしてやってきたのは高級レストラン。正直こういうかしこまった食事は作法を気にしながら食べなければいけないため、美味しさが半減する。けどせっかくの観光地だし、魚介の美味しい料理を堪能しよう！

店に入って早々、対応してくれたのは愛想の良い従業員だった。

「ランドール侯爵夫妻ですか？　マルクス支配人から伺っております。個室をご用意致しましたので、こちらへどうぞ」

このレストランもマルクスの店なんだ。

従業員の対応を見るに、高級衣装店での失態を挽回しようとお触れを出したようだ。

通されたのはこぢんまりとした個室だった。周囲の目を気にしなくてもいいのは助かる。

「レアが好きそうな空間ですね」

「よく知ってるね」

ルディが自分のことを知ってくれていることが嬉しくて、笑顔で隣を見上げる。

「レアのことならなんでも知っていますよ。図書館で一日に読める恋愛小説の冊数から、一回にすり潰す唐辛子の量まで、レアのことは全て把握しています」

どうでもいい情報を誇らしげに語りだした。

……それは逆に怖いです。

運ばれてきた料理は、この港で本日水揚げされたばかりの魚介を使った海鮮料理だ。

食事が始まると一流の料理に思わず唸る。

「王都では肉料理が多いから、新鮮な海鮮料理はやっぱり美味しいね！」

「『やっぱり』？」

ルディが私の言葉に引っかかりを覚える。

しまった！　海鮮料理は日本にいた時に食べて以来だった！　海に囲まれていた日本は海鮮で溢れていたから、油断していた。これでは私博士のルディが違和感を覚えるのも無理はない。

「王都の川魚も美味しいから、新鮮な魚料理は何を食べても美味しいねって言いたかったの！」

これでどうだ!!

「そういう意味ですか。しかし海鮮料理は初めてですが、川魚とは違った美味しさを感じます」

「ソウダネ」

背中に冷や汗をかきながら返答する。どうやら私の素敵な誤魔化しが利いたようだ。

前世で魚介の美味しさは、刺身から焼きまであらゆる調理方法で堪能している。知っているだけに、下手なことを言うと墓穴を掘りそうだ。

「海鮮を王都でも味わえるといいのですが、運搬方法が難しそうですね」

クール便とかないからね。届くまでに干からびちゃうだろうから難しいよね。……干からびる？　そうだ！

「スルメとかにすれば日持ちするかも！」

「『するめ』って何ですか？」

うぉ――――!!　考えていたそばからうっかり墓穴掘った!!

「えっと……烏賊を干した物……」

「『いか』とはなんですか？」

　そうか。ルディは海に来たことがないから、海の生物に疎いんだ。上手く誘導すればスルメから脱線させられるかも！

「三角の頭をしていて、細長い寸胴の胴体に十本の足が付いているの」

　身振り手振りを交えて説明する。

「海には面白い生物がいるのですね」

　この世界に存在しているかどうかは知りませんけど……。

「しかし干物というのは悪くないですね」

　スルメから話が逸れそうで安堵する。

「王都でも川魚の干物を見かけたことがありますし、日持ちもするでしょうから、王都にも流通できそうです」

　このままスルメから遠ざけさせる！

「あとは塩漬けとかにしてもいいかもしれない」

　さりげなく干物から逸れる案を出してみる。

「確かにその手もありますね。レアは博識ですね」

　日本人のほとんどが知っています。

「これは王都でも食べられるように、検討の余地がありそうですね」

　ルディが乗り気ということは、王都で海産物を食べられる日も近いかも！　楽しみ！

「ところで……」

懐かしい日本の食卓に思いを馳せていると、ルディがおもむろに口を開く。

「なぜ『するめ』というのですか？」

Uターンしてきちゃったよ！　どうする？　由来とか聞かれても知らないし！

ちらりと食べかけの海鮮料理が目に入る。

「ルディ……」

「はい」

「それは、魚はなぜ魚と呼ぶのかと聞いているのと同じよ」

ハッとしたようにルディがわずかに目を見開く。そして口元に手を当てて考え込み始めた。そんな真剣に考えるような話をしたわけではないのだが……。

「なるほど。つまりレアは知りたいことがあるなら自分で調べることが大事だと、俺に伝えたかったのですね」

いいえ。そんな高尚な考えは微塵もありませんでした。

「わかりました。俺が『するめ』の由来を突き止めてみせましょう」

ヤバい。なんだか壮大な話になってきた。というより異世界にスルメなど存在するのだろうか？　調べても一生突き止められない気がする。

「見つかったらレアにもお伝えしますね」

「……私が間違っているかもしれないから、見つからなくても全然いいよ……」

「レアは本当に優しいですね」

優しさではなく、罪悪感の方が強いです。

口は禍のもと……先人達もきっとこんな思いをして作った言葉なんだろうな……。


食事を終え、帰ろうと部屋を出たところで店員と貴族の揉めるような声が聞こえてきた。

「個室が使えないとはどういうことだ!?」

どうやら個室を使われていることに、腹を立てているようだ。どこの世界にもクレーマーは存在するんだね。

揉めているのは出入り口付近のよう。帰るため向かうと、見たことがある貴族に目を見開く。

「お……お……お……お前達は……!?」

私達に気付き怒りで体と突き出たお腹を震わせているのは、私達を貧相呼ばわりしたドブレ子爵だった。

『お前』と呼んでいる時点で、まだルディが侯爵ということを知らないようだ。伯爵も子爵が乗り込んできた後に、警備兵から事情を聞いて知ったとしたら、この子爵が真相を知らなくても仕方がないのかもしれない。

「どうして平民のお前が貴族の服など着て、高級な料理を食べているんだ!? 警備兵は一体何をしている!?」

唾を飛ばしながら、顔を真っ赤にして怒鳴り散らす子爵。美味しかった食事が台無しだよ。

「俺はお前と違って権力があるからな」

無表情で一瞥された子爵が、怒りで歯を噛みしめる。

「お前のような若造に権力などあるはずがないだろう！ まさかオラール伯爵は儂の抗議を無視したのか!?」

自分の意見を聞き入れてもらえなかったショックから、子爵が顔を青ざめさせる。

「父上！ 今度は僕も一緒に抗議します！ このような輩にこの先もうろつかれては迷惑ですから！」

腕を捻られた恨みからか、子爵令息が鼻息荒く父親を鼓舞する。

もう、好きにしてください。

あきれながら親子の横を通り過ぎようとした時だった。

「お前達も一緒に来い!!」

令息が私の腕を掴もうと手を伸ばしてきた。避けようと腕を引くと、それよりも早くルディが令息の手首を掴み捻る。

「いてててて っ……!!」

「折られないと分からないようだな」

凄まれた令息は、痛みも相まって冷や汗をかき始める。あの日帰ってからルディは随分怒っていた。このまま放置したら傷害事件になりかねないかも!

「落ち着いて! ルディ!」

令息の腕から骨が軋むような音が聞こえてきて、咄嗟に止めに入る。

私の制止に躊躇いを見せるも、なだめるようにお願いアピールの視線を向けると、溜息を吐きながら令息から手が離れる。

「一度ならず二度までも! 警備兵が動かないなら儂の部下がお前を捕らえに行くから、覚悟しておけ!」

捻られた手首を押さえながら泣きべそをかく令息を引き連れ、捨て台詞を吐いて親子は去っていった。

とりあえず傷害事件は免れたけど、子爵親子と関わるのはもうこりごりだ……。

宿泊先に戻ると疲れたようにソファーに腰をかける。

「俺が前もってオラール伯爵領に滞在する者達を調べておけば、レアに不快な思いをさせずに済んだのに申し訳ありません」

隣から珍しく落ち込んだような声がかけられる。

「ルディは全然悪くないでしょ。下調べにしても実際に来てみないと分からないことだってあるのだし、そもそも海に行きたいと言い出したのは私の方なのだから」

「しかしせっかく楽しみにしていた旅行が……」

立ち上がると、まだ元気のないルディの両頬を両手で挟み上を向かせた。

「私は十分楽しんでいるわよ。だって一日中あなたと一緒にいられるのだから。それだけで幸せよ」

微笑みながら諭すと、ルディが私の胸に頭を埋める。

「レア。俺もです」

擦り寄るルディの頭を優しく撫でてあげていると、ポツリと不穏な言葉が聞こえてきた。

「レアに一生閉じ込められていたい……」

まさか監禁される側でもいいとか、その情報は原作者にもなかったわ。

衣装引き渡しの日になり店に入ると、以前見た金色のドレスの上に黒色のオーガンジー生地がレースのように重ね付けられていた。シンプル過ぎず華美過ぎず、それでいて豪華さが際立っている。

「素敵ね！」

「カリーナさんからこの薄い生地を調整して、付けたらどうかと提案されたんです。なので少し柔らかい雰囲気に見えるように、生地を切って重ねて付け合わせてふんわりと仕上がるようにしてみました！　こんな大掛かりな仕事は初めてだったので緊張しましたが、気に入って頂けて嬉しいです！」

店員の目の下に隈ができており、徹夜してくれたことが窺える。大変だっただろうに嫌な顔一つせず笑ってくれるなんて、感動で涙出そう。

店員と二人で盛り上がっている隣で、一人無言のルディに不安が増す。まさか気に入らないとか言い出さないよね？

「ル……ルディ？」

「悔しいですがレアにとても似合いそうです。俺の要望までしっかり取り入れて……。レアに似合う最高の衣装を作り出せるのは俺だけだと思っていたのに」

最後の方の呟きは自分自身に対してのようで、無表情だが拳を握りしめて若干眉を寄せているあたり、悔しがっているようだ。

「ルディも気に入ったみたい」

ルディの不穏な空気を心配する店員に、通訳してあげた。

以前なら私も店員のようにルディの一挙手一投足にビクビクしていただろうが、最近ではちょっとした仕草などでも感情が読み取れるようになってきた。今にして思うと、なぜあんなに怖がっていたのか不思議なくらいだ。まあ修練を積んだ人間しか彼の感情は読み取れないから、素人の店員では怯えるのも無理はない。

「ルディの衣装も素敵ね。気を利かせてお揃いにしてくれたのかな」

私の衣装から意識を逸らさせるため、ルディの視線を男性物の衣装へと向けさせた。

「なかなかいい仕事をする者のようですね」

私とお揃いになるように、金の刺繍が施された黒いタキシードがトルソーにかけられている。しかしルディが真っ先に手に取り確認したのは、中に着用する青紫色のベストの方だった。どうやらルディにとっては私の瞳の色に近い素材を取り入れているかどうかが、一番重要なことらしい。

「満足して頂けたようで良かったです！　近所の方達にも手伝ってもらって仕上げた物なので、みんな喜ぶと思います！」

「そうなの!?　大変な仕事を押し付けてごめんなさいね」

「いえいえ！　こんな素敵な仕事に携われることなんてありませんでしたし、近所の方達も珍しい仕事に楽しんでいたようですから気にしないでください！」

王都でもそうだが、街の人達の温かさには本当に心が癒やされる。

私が感動していると、ルディが付き添いの使用人に目で合図をした。使用人は袋一杯に入ったお金をそっと店のカウンターに置き後ろに下がる。

「そのお金は衣装代と手直し代だ。足りなければしばらくは滞在しているから、言ってくれ」

袋の中を確認した店員は驚き、すかさず袋ごとルディに返す。

「これは頂きすぎです！　衣装代や近所の方達に支払っても余りが出てしまいます！　せめて半分だけでもお返しさせてください！」

「余った分は好きに使えばいい。それだけの仕事をしてくれたのだからな」

「でも……」

私はあまりの額に躊躇う店員の手を握った。

「これはあなたが貴族の仕事を請け負った対価なのだから、気にする必要はないわ。それだけの大仕事を立派にこなしたと、胸を張って受け取ってちょうだい」

「あ……ありがとうございます！」

感極まって涙目になりながら、三つ編みを上下に揺らし頭を下げる店員に別れを告げて、店を後にした。

「この店に頼んで正解だったね」

繋いでいたルディの手を大きく振りながら歩く。

「依頼した仕事を見事にこなした部分は、評価に値します」

「望みの色も入れてくれていたからね」

「そこは最低条件です」

最低条件なんだ……。色への執着が凄すぎるよ。


そして夜会当日、オラール伯爵が用意した馬車に乗り伯爵邸に到着した。

ルディのエスコートを受けながら会場の扉の前に立つ。扉がゆっくり開き、一歩足を踏み入れる。会場内は参加者達の談笑で賑わっていたが、係の者がランドール侯爵夫妻の入場の合図を発した瞬間静まり返り、一斉に視線が入り口へと集中した。

その雰囲気に私の体に緊張が走る。

いよいよ地方の貴族達との対面だ。私達をランドール侯爵夫妻と知ってどう出るか不安ではある。萎縮するか、王都ではこんな若造を重宝しているのかと馬鹿にしてくるか……。

そんな緊張が伝わったのか、堂々と前を向いたままのルディが、さりげなく私の手の上に手を重ねてくれた。その仕草に気持ちが軽くなる。

ルディは凄いな。こんなに視線を集めても、堂々としていられるなんて。私なんか未だにこういう場は慣れない。唐辛子を投げ散らかしている方が、余程性に合っているよ。

「レアが一番綺麗ですね」

耳元に顔を近付けて囁かれる。唐突に褒めてきたけど、緊張をほぐそうとしてくれているのかな？

「この素敵な衣装のおかげね」

私の着ているドレスは王都でも見かけたことがないような斬新なドレスで、王都の社交界で着たら流行りそうな感じがする。一方、参加者達の着ているドレスや装飾は、王都で見かけた物ばかり。というより……見たことのあるマーメイドドレスばかりである。

実は殿下の生誕祭で着ていた私のドレスが王都で大流行していたのだ。その影響もあり一時王都では、体のラインがはっきりするようなドレスが流行っていた。一流の美的センスを持つルディが考えた渾身のドレス。流行らないわけがない。

それにしても地方の流行りって遅れてくるとは聞いていたが、これが今地方に出回っている商品だと思うと、マルクスの店にしなくて良かったとも思える。

「衣装を着ていなくてもレアが一番素敵です」

真っ裸で歩いてても、それ言える？

一歩一歩会場に歩みを進めると、主催者のオラール伯爵が柔和な笑みで挨拶をしてきた。

「ランドール侯爵、ご参加頂きありがとうございます」

前回同様、フサフサのウィッグが見事に伯爵を主張している。

「お二人とも今日はとても素敵な衣装ですね。マルクスが侯爵夫妻の衣装をご用意できなくて、残念がっていましたよ」

伯爵は私達のご機嫌取りに必死のようだ。おそらくマルクスから、彼の店で私達がぞんざいに扱われた話でも聞かされたのかもしれない。

「とても素敵なお店で用意して頂いたので、私もこの衣装はすごく気に入っています」

同意を求めるように微笑みながら隣を見上げると、ルディも私を見つめてコクリと頷く。

「そういえばお二人は新婚でしたね。ランドール侯爵が夫人を溺愛されているとの噂は、地方にまで響き渡っていますよ」

そんな噂があるの!?　地方にまでってことは、国全体ってことじゃない！　恥ずかしい！

初耳の噂に、引きつりそうになる顔を笑って誤魔化そうとすると、ルディが口を開いた。

「溺愛ではない」

まさかの即答に少し寂しく感じる。

まあ確かに自分から『溺愛してます』なんて宣言する人間などいな……。

「それよりももっと重い。重溺愛だ」

重みが増した!!　しかも異世界では使われていない新語を誕生させちゃったよ!!

「俺のレアへの愛は、溺愛などという軽い言葉では片付けられない」

溺愛も十分重いですからね！　というよりも溺愛している自覚はあったんだ。

大真面目に語るルディに、伯爵もポカーンである。

「ホホホッ……ルディ。一曲踊らない？」

「レアから踊りに誘って頂けるなんて、光栄です」

私はこの場から一刻も早く逃げ出したいだけです。

離れまいと力を込められた手を引っ張りながら、ホール中央へ移動する。踊りたくはなかったが、こうなっては仕方がない。ルディの肩に手を置くと、優雅な曲に合わせてステップを踏む。動きと共に、会場からは感嘆の声が漏れる。声を大にして言いたい。

皆さん、凄いのはルディですから‼

優雅じゃない私の足を軽やかにかわしながら、次の動作に優雅にリード。しみじみと思う。

私、ルディ以外の人と一生踊れないかも……。

「……重いのは嫌ですか？」

踊っていると……正確には踊らされていると、唐突に問われた。おそらく先程の『重溺愛』の話をしているのだろう。

「嫌じゃないよ。それだけ私を愛してくれているってことでしょ」

『溺愛ではない』と言われた時に、少し寂しく感じたことを思い出す。

「ではもっと重くなってもいいですか？」

子犬のようなすがる目で見つめられる。まさか監禁したいとか言い出さないよね？

「えっと……どのくらい重くしたいの？」

お願いだから私の許容範囲内の要望でお願いします。

「もっとレアに甘えたいです」

想像以上に可愛いお願いだった。私の脳内の方が重かったわ。

「夫婦なのだから、いちいちそんな許可を取らなくても甘えていいのよ」

「レアに食事を食べさせてあげたり」

それは私が甘やかされているのではないだろうか？

「挨拶の代わりは口付けという決まりを作ったり」

それは今でもほぼ変わらないような気がする。

「休みの日は一日中二人で部屋に籠もりたいと言ってもいいですか？」

それは世間一般で軟禁という。

「ダメなところはちゃんとダメだって言うから、ルディが甘えたいように甘えていいよ」

軟禁前で歯止めをかけないと本当に監禁されかねないから、制限は付けておきたい。

微笑むとルディが堪えるようにポツリと囁く。

「……今、レアに口付けしたいです」

「今はダメよ」

結局ダメだと言う機会の方が多そうだから、休みの日の引きこもりくらいなら許してあげようかな。

踊りが終わると、ドブレ子爵が媚を売るようにペコペコと頭を低くしながら近付いてきた。息子の方は形だけといった感じで、父親の後ろを付いてきている。

「とても素敵な踊りで敬服致しました」

子爵は手を擦り合わせながらルディのご機嫌を伺う。ルディは無表情のままだが、冷たい空気が漂っている感じがするから機嫌は悪そうだ。その空気を察したのか、子爵が声を落とす。

「先日は大変失礼な真似をしてしまい、申し訳ありませんでした」

街でルディと子爵との一悶着が噂になっていないことから、周囲に知られないように必死なのかもしれない。だったら最初から楯突かなければよかったのに……。

「相手を見た目だけで判断して横柄な態度をとれば、取り返しのつかない事態になる可能性もあることくらい、肝に銘じておけ」

珍しくルディが声を張り上げて子爵を注意する。おそらく会場に来ている全員に対しての忠告なのだろう。平民に対して酷い仕打ちをした覚えでもあるのか、ルディの言葉を聞いてソワソワしだす貴族達もいた。これで少しは平民と貴族とのトラブルが減ればいいのだけど……。直に忠告された子爵は、不服そうな息子を連れて居たたまれないようにその場を離れていった。

その後は立て続けに、王都でも人気のランドール侯爵とお近付きになりたい貴族達が集まってきた。しばらくは挨拶が続きそうな予感に、近くに用意されている飲み物を取りに行くとルディに告げて、その場を離れる。

そのわずかな時間の出来事だった。

女性の悲鳴が聞こえてきて振り返ると、ルディがドブレ子爵令息の胸倉を掴んでいた。

確か子爵令息は謝罪のあと、私達の近くで他の令息達と談笑していたはず。

何事かと慌てて駆け寄ると、通りすがりにひそひそと話す女性達の会話から、ルディが怒りだした理由を察した。

「ルディ。乱暴は駄目よ」

傍に着くと、令息の胸倉を掴むルディの手にそっと手を重ねる。

「レア……しかし……」

「僕は新聞に書いてあった話をしていただけで、何も嘘は吐いていない！」

「貴様！」

令息の首を絞めかねない力でルディの手に力が加わる。

「ルディ！　止めて！」

私が手を掴むと、悔しそうにルディが令息から手を放す。

手を放された令息はむせ返りながら、勝ち誇ったように笑う。

「は……ははは！　王位継承権を持つランドール侯爵とは違い、夫人はただの犯罪者の娘でしょ？　つまり我々が敬意を払う必要はない人間ということですよね！」

私に向けられている周囲の蔑む視線を味方につけるように、声を張り上げて令息が主張する。

「レアはれっきとしたランドール侯爵夫人だ！　その侯爵夫人に敬意を払わないのは不敬にあたる！」

ルディが声を荒らげて私を庇おうとするも、周囲の私に向ける視線は冷たいままだ。

母が犯した罪は、どこまでも自分に付いて回る。そしてこれはそういう話を書いた、原作者としての贖罪でもある。

「あなたの言う通り、私は犯罪者の娘よ」

「レア!?」

私が静かに口を開くと、ルディが声を上げる。それを制して話を続けた。

「その事実は私が死ぬまで消えることはない」

これはレリアの人生の大きな傷でもある。

「ほらみんな聞きましたか！　夫人自身が認めましたよ！」

会場中に言いふらすように、令息が喚き散らす。

「けれどそのように触れ回る行為は、ランドール侯爵夫人を承認なされた王の意向に反するものよ」

力強い眼差しで前を向くと、先程まで威勢の良かった令息は意表を突かれたように間抜け面を晒す。

「何を言っているんだ。あなたを夫人に選んだのはランドール侯爵であって、王ではない。だいたい王が貴族の結婚に口を出すようなことをされるわけがないだろ」

令息は馬鹿にしたように薄ら笑いする。

「あなたさっき自分で言っていたわよね。『王位継承権を持つランドール侯爵』と。私の夫は王の親族なのよ。これでもあなたは王が、王位継承権を持つ人間の結婚に口を出さないと言い切れるかしら？」

王の親族という言葉に怖気づいたのか、令息の顔が青ざめていく。

「私が夫と結婚したのは、母が捕らえられた随分後のことよ。それでも王はランドール侯爵との結婚を承認された。一体どちらが王の意向を無視していることになるのかしらね」

令息に鋭い視線を向けると、令息の肩が跳ね上がる。ひそひそと話していた貴族達も、途端に口を閉ざす。

「不敬罪に問われたくなければ、今後は軽はずみな発言は控えることね」

ピシャリと令息を一蹴する。

事の重大さにようやく気付いたのか、令息がその場にへたり込んだ。

私のせいでルディの地位が脅かされるようなことだけは、絶対にさせない。

その想いを伝えるように周囲にも視線を走らせる。

先程まで私に蔑むような視線を送っていた貴族達も、気まずそうに視線を逸らし始めた。

「子爵。申し訳ないが、今すぐ令息を会場から連れ出してもらえるかな」

あきれたように溜息を吐いたオラール伯爵が、ぼう然としている子爵に声をかける。柔和なその顔は一見穏やかそうだが、目は笑っていない。

「それと先日から旅行客と称して伯爵領で好き勝手な真似をしてくれているようだが……今後、あなた方の伯爵領への出入りを禁止させてもらうから、そのつもりでいたまえ」

この辺りで一番権力がありそうな伯爵から見限られたとなると、他の貴族達からも見放される可能性がある。そうなると、子爵の地位も危うくなりそうだ。

子爵も状況を察したのか、絶望した顔で息子を引きずりながら退室していった。

「度重なるご無礼をお許しください。子爵親子の伯爵領への出入り禁止で、お怒りを静めては頂けないでしょうか」

私達に頭を下げようとする伯爵を、慌てて止める。

「お気になさらないでください。むしろ会場の空気を悪くしてしまったようで、申し訳ありません」

「さすがはランドール侯爵夫人。ご不快な思いをさせてしまったのに、女神のようなご対応。王がランドール侯爵とのご結婚を承認なされたのも頷けます」

周囲の招待客達に分からせようとしているのか、自分だけは罰せられないように逃げようとしているのか、大袈裟な伯爵の言い方にお世辞感が漂っている。

その後オラール伯爵は、忙しそうに他の参加者達のフォローへと向かった。

俯いて表情がよく見えないルディの様子をチラリと窺う。先程から一言も喋らないいんだけど。怒っているのか落ち込んでいるのかよく分からない。このパターンのルディは初めてのような気がする。

「少し外の空気を吸いに行こう」

全く動こうとしないルディの背中を押して、バルコニーに連れ出した。

「夜はちょっと肌寒いけど、気持ちいいね！」

解放された私は大きな伸びをしながら笑いかける。ルディは無言のまま上着を脱ぎ、私の肩にかけてくれた。こういう時でも紳士を忘れないいんだね。思わずクスリと笑みが零れる。

「ルディが冷静さを失うなんて、それだけ怒ってくれていたのかな？」

いつまでも俯いたままの、ルディの顔を覗き込む。その顔から暗い感情がひしめき合っていることだけは分かる。まさか子爵令息の暗殺とか企んでないよね？

「すみませんでした……」

不安に駆られていると、弱々しい声が聞こえてきた。

「どうしてルディが謝るの？」

「レアを……守れませんでした……」

それは『犯罪者の娘』呼ばわりされた嫌な思いからってことかな？

固く握られたルディの手を包み込む。

「ルディはちゃんと私を守ってくれたよ。冷たい視線の中で唯一ルディだけが私の代わりに怒ってくれたし、あなたが隣にいてくれたから私は堂々とランドール侯爵夫人を名乗れたのよ」

「それでも俺がレアを守るべきでした」

「守ってくれようとする気持ちは嬉しいけど、なんでも一人で背負う必要はないのよ？」

慰めようと、包み込むように抱きしめる。

「俺が守りたかった……」

私の耳元で呟きながら、甘えるように私の肩に顔をすり寄せてきた。猫のように丸まった背中を優しく撫でる。

「ルディは成人して一年しか経っていないのに、侯爵の重責とかにも耐えて凄くよくやっていると思うわ」

日本人で言えば、まだ高校二年生だ。前世の記憶がある私に比べたら、十分過ぎるほど頑張っている。

「だからできないことがあって当然だと思うし、そういう時は私を頼ってくれても──」

「俺は子どもじゃありません！」

初めて聞いたルディの悲痛な叫びに驚き、体を離す。

「すみません……違うんです。レアに怒鳴ったわけではなく……嫌いにならないでください……」

混乱したように両手で自分の顔を覆うルディに戸惑う。こんなに取り乱した様子のルディは初めてだ。

「ルディを嫌いになったりしないよ？」

両手で覆われて見えないルディの顔を、覗き込もうと顔を寄せた。次の瞬間。

突然力強く抱きしめられた。

「ルディ？　どうしたの？」

混乱した私は一旦離れようともがくも、逆に力を加えられる。そんな私の耳元で、吐息と共に聞こえてくる。

「俺を……捨てないでください……」

それは今にも消え入りそうな声。

「捨てたりもしないから、一度放して……ね？」

しかし嘘だと言わんばかりに腕の力を強めてくる。

鍛えているだけあって、これはさすがに辛い！

「ルディ！　痛い！　放して‼」

背中を思い切り叩きながら叫ぶと、我に返ったルディが慌てて手を離す。

「すみません……」

解放されて一息吐く私に、片手で目元を覆いながら謝罪するルディ。その様子は冷静になろうと自分を抑え込んでいるようだ。

ルディが何を考えているのか、ちゃんと話し合った方がいいよね？

「あのね、ルディ――」

「もう大丈夫です」

……今、話を遮られた？

目元を覆っていた手を私に差し出すルディは、いつも通りの無表情に戻っていた。

今は話をしたくないということだろうか？

有無を言わせない圧を感じて、差し出された手を取る。

優しく握られた手を撫でられる。

触れている手の感触があるのに、手を伸ばせば届くくらいの距離にいるのに、見えない大きな壁が二人を遮断しているようなそんな気持ちになっていた。

夜会も終盤にさしかかり、オラール伯爵に帰る挨拶をした私達は、伯爵が用意してくれた馬車に乗り、宿泊先に向かう。

隣に座り窓の景色を静かに眺めているルディを、チラリと窺う。いつもと変わった様子は見られない。手もエスコートされてからずっと握られたままだし、私を拒絶しているわけではなさそうだ。だけど今日のルディはなんだかいつもと違う気が……。

窓の外を眺めていたルディが突然私に視線を向けた。やましいことをしていたわけでもないのに、なんだか気まずくて体が跳ねる。

「会場にいた貴族達には釘を刺しておきましたし、明日からまた自由に街を歩けますよ」

耳に届いてきたのは、いつもと変わらない優しい声だった。

ルディの中では解決したのだろうか？

聞いてはみたいが何となく聞いてはいけないような気がして、いつも通り意気揚々と話を合わせる。

「じゃあせっかくだし、明日からはまたお店巡りだね！」

「時間はありますし、全ての店を見て回りましょう」

目元を和らげる姿に安堵した。触れて欲しくないなら、私はルディが元気になれるように振る舞うだけだ。

「機会があれば国外旅行とかにも行ってみたいよね！」

異世界の他国ってどんな感じなんだろう。この国は私が書いた内容がベースとなっているけど、他国までは考えていなかったから、きっと独自の文化で進化しているんだろうな。

「休暇の期間にもよりますが、隣国のヴォルタ国なら行けそうですね」

『隣国』という言葉にドキリと心臓が跳ねる。隣国のヴォルタ国といえば、エドワール侯爵の反乱事件の時に関わっていた武器商人達の国だ。私が書いた小説の内容通りにエドワール侯爵との間で武器の裏取引が行われていたが、ルディや殿下の助けで未然に反乱は防ぐことができた。その武器取引で登場した隣国がこの国に関わるきっかけを作ってしまったのは、原作者である私に他ならない。

「レア？」

ハッと我に返る。どうやら顔色を変えた私をルディが心配したようだ。

「ごめん、ごめん。少し考えごとしていただけだから。確かにその国なら休暇中に行けそうね。ちなみにヴォルタ国はどんな国なの？」

何か言いたげに私を見つめてくる。しかし小さく溜息を吐くと質問に答えてくれた。

「ヴォルタ国は我が国と隣同士なだけあって、表面上は仲良くしていますが、色々と因縁がある国です」

その因縁も私の小説のせいで発生しているのかな……。

「あちらの国には海がなく、他国へ行く交通手段としては国境を越えるか運河を渡って行くしか方法がありません。そのため海のある我が国を幾度となく狙ったという歴史がありますす」

「運河？」

ルディが小さく頷く。私の知識では隣国との往来には、王都周辺にある険しく高い山脈を越えるか、騎士達が駐屯する高い塀に囲まれた国境を越えるかしか方法がないと思っていた。

「この伯爵領がまさにヴォルタ国とその運河で隔てられている地になります」

「運河があるのに、海がないってどういうこと？　伯爵領の隣なのでしょ？」

「ヴォルタ国はあちらの大陸の国に海側の土地を占拠され、海がない国となっています」

だからヴォルタ国はこの国を狙うんだ。ヴォルタ国は大陸で繋がっている国に狙われ続けている。一方この国は険しい山と運河に守られて戦争を仕掛けにくい国。この国を手に入れられれば防衛力は格段に上がる。反乱を狙ったのも、内側から崩れることを狙って……。

緊張からゴクリと唾を飲む。

「しかし運河の周りには防壁もありますし、伯爵領の崖も険しいので港から上陸する以外はまず不可能です。それに運河の各所に見張り台も設置してありますから、許可のない船が走っていたら港に到着する前に沈められてしまうでしょう」

不安そうな表情を浮かべる私に、ルディが補足する。

ここまで伯爵領が発展できているのを見れば、ヴォルタ国が攻めて来られていないことは分かる。それでも武器商人がエドワール侯爵に接触してきたりと、ヴォルタ国が内部に侵入しているのも確かだ。またいつ仕掛けてくるか……。

突然ガタリと馬車が停車する。到着したのかと窓のカーテンを開けようとしてルディに止められた。

「レア。何があっても馬車から出ないでください」

どういうこと？

尋ねる間もなく、ルディが馬車の扉を勢いよく開く。すると「ぐあっ！」という声が外から漏れ聞こえ、馬車の扉が閉まる。

まさかこの馬車、襲われているの⁉

ルディも丸腰で飛び出して行ったけど大丈夫なの⁉

馬車の中で右往左往していると、金属がぶつかり合う音や誰かのうめき声が聞こえてきた。

ルディに何かあったらどうしよう！

こんなことなら唐辛子爆弾を持って来ておくんだった‼

手助けができないもどかしさを感じながら、せめて足手まといにはならないように身を潜める。

やがて外が静かになり、警備兵の笛の音が響く。少しだけカーテンを開け外の様子を窺うと、座り込んだり伏したりしている複数の賊らしい人達の姿と、その人間に対して剣を突き付けながら睨むルディの姿が目に入る。剣を持っていなかったのに、きっと賊の剣を奪って戦ったのだろう。賊達の顔は暗くてよく見えないが、全員シャツにパンツ、バンダナといったお揃いの格好をしているように見える。

警備兵が駆け付けたのを確認して、馬車を下りると真っ先にルディに駆け寄った。

「怪我はない!?」

顔から足元までペタペタと触りながら確認していると、途中で止められた。

「怪我はありませんので、できればそれ以上は控えてください」

恥ずかしそうな、少し困ったような表情のルディに首を傾げる。顔が少し赤いようだけど、なんで？　そんな私達のやり取りを見ていた警備兵が、申し訳なさそうに声をかけてきた。

「駆け付けるのが遅くなり、申し訳ありませんでした。捕らえた賊の処遇はどうされますか？」

警備兵は先日の件でルディが王宮騎士であることを知っている。だからルディが対応するのか尋ねているのだろう。

「明日、オラール伯爵と相談して決める。それまで牢に放り込んでおけ」

威厳ある命に一斉に敬礼した警備兵達が、キビキビと動き出す。警備兵に命じる姿は十七歳とは思えないほど凛々しく貫禄がある。私には優しい一面しか見せないから、こういう姿を見るのも悪くないかも。

「どうして笑っているのですか？」

ニヤついている私の顔を見て、ルディが不思議そうな顔をする。

「私の夫はカッコいいなと思って！」

「もしかして……命令するような男が好みですか？」

真剣な顔で尋ねられる。

どちらかといえばノーマルが一番好みです。笑顔で返しておいた。

警備兵が用意してくれた新しい馬車に乗り、宿泊先に到着した。入浴してソファーに座り一息吐くと、隣に座るルディの肩に頭を乗せる。

「まさか馬車が襲撃されるとか……予想外過ぎて疲れたよ」

「そうですね。明日はオラール伯爵と話を付けたら、ゆっくり過ごしましょう」

ルディは私の後ろに腕を回すと、優しく私の頭を撫でる。

「それにしてもどうして私達の乗った馬車が狙われたんだろう？」

あの馬車はオラール伯爵が用意した馬車だ。誰が乗っているか知っていて襲ったのか、それとも無差別か。もし無差別じゃなければ、私達が狙われる理由が分からない。この土地で私達に恨みのある人間なんて……。頭に浮かんできたのは勝ち誇った顔をしていたドブレ子爵令息。あの男ならやりそうだが、夜会での騒動の直後でもあるし、急に計画するには無理があるよね。

「気になる点はいくつかありました」

考え込んでいると、ルディが口を開く。

「気になる点？」

「警備兵の到着が遅かったことです。この土地の治安がいいと言われるのは、あらゆる地点に配備された警備兵がいるからです。しかしそれにも拘わらず、今回到着したのは賊を片付けた後でした」

「もしかしてすぐに来られない理由があった？」

「可能性は高いです。それと奴等が持っていた武器。あれはカトラスと呼ばれる、海賊が好んで使う武器です」

「じゃああの賊は海賊ってこと!?」

海賊ってあれだよね！　コンパス片手にあのちょっとカッコいい三角帽子を被って、秘宝を探して世界中の海を航海するあれだよね！　この世界って海賊がいるんだ！　原作者も知らない衝撃の事実！

「馬車を襲った人数はたったの五人。海賊ならもっと仲間もいそうですし、一斉に襲った方が効率もいいのに五人しかいなかったというのも不自然です」

興奮する私とは打って変わって、冷静に分析するルディ。普通の貴族なら五人でも、海賊に襲われれば恐れおののくと思うよ。

「でも下っ端は捕らえたのだし、尋問すれば親玉も分かるかもしれないね！」

「そうですね。その辺りも含めて明日、伯爵と相談してみましょう」

海賊か……。一度でいいから船長に会ってみたいかも！

俺の肩にもたれながら眠るレアを起こさないように抱き上げ、ベッドへと移動した。

この街に来てからレアを全く楽しませられていない。レアは俺といるだけで楽しいと言ってくれるが、俺が下調べを怠ったせいでレアの表情を曇らせているのも事実だ。他の港町は海賊達に荷物が奪われるという被害が出ており、一番安全なこの地を選んだというのに……。同じ貴族にレアの笑顔を奪われ、挙げ句に今日は海賊にまで襲われるとは。

ギリッと無意識に奥歯を噛みしめると、不穏な空気に中てられたレアが身じろぐ。優しく頭を撫でると、安心したのか再び寝息を立てて俺の方に顔を向けてきた。

どんな悲しみや苦しみからも守ってあげたいのに、結局最後に守られているのはいつも俺の方だ。料理店で子爵に遭遇した後や、今日の夜会でレアに慰められたことを思い出す。レアの前では常に格好良くありたいのに、情けない姿ばかりを見せてしまう。そんな不甲斐ない自分に苛立ちが募り、レアに頼られない焦りから、本音をぶつけてしまった。本当はずっと怖かったんだ。自分で何でも解決してしまうレアに、必要とされなくなる日が来るのではないかと……。

レアはきっとこんな情けない俺だから、頼ってくれないのかもしれない。

ヴォルタ国の話が出た時に強張った顔をしたレア。レアはどこで知ったのか話したがらないが、エドワール侯爵が武器を密輸入して反乱を起こそうとしていることを知っていた。だからヴォルタ国とレアには何か深い因縁があると考えたこともあった。けれど幼い頃からレアのことは見てきたが、ヴォルタ国との接点など皆無だ。もし関わっていたら、レアを見守り続けた俺が知らないはずがない。

レアに聞いてもきっと今の俺には話してくれないだろう。

『ルディは成人して一年しか経っていない』『できないことがあって当然だと思う』

夜会でレアに言われた言葉が次々に蘇る。

時々レアから感じる子ども扱いは、俺を『義弟』としてしか見ていないからではないかと不安にさせる。

不可能に近かった『義姉』のレアと結婚できただけでも満足しなければいけないのに、近付けば近付くほどに欲だけが増していく。

触れたい気持ちが湧き起こり、眠っているレアの顔にかかる髪を優しく払う。

俺の欲がいつかレアを苦しめてしまうかもしれない。

だが離れるという選択肢はない。俺にはレアが必要だから。

「レア……」

助けを求めるように名前を呼ぶと、眠っているレアが無意識の中でベッドの上に置いていた俺の指を掴む。

その温かい手に一筋の涙が零れ落ちる。誰も愛してくれなかった冷たい家で、唯一俺に温かみを与えてくれた人。

握られたレアの手を持ち上げて、額に押し当てる。

『俺を……捨てないでください……』

それは俺の心からの願い。

レアに頼られるような男になるから。だからずっと俺の傍にいてください。

おやすみと願いを込めて、レアの額に口付けを落としたのだった。

翌朝。朝食の席で優雅に食事をするルディを盗み見た。ルディが海賊の船長になって、一緒に世界中を航海する素敵な夢を見たんだよね。なによりルディの海賊姿が最高だった！　三角帽子を被り、黒いロングコートに胸がはだけた白いシャツ。黒っぽいパンツとブーツに腰には茶色い太いベルト。これは一度でいいから着て欲しい服である。綺麗な所作でパンを口に運ぶルディを、夢で見た衣装を重ねて妄想してみる。よだれが出そうだ。

「レア？　どうしました？」

「どんな格好でもルディは素敵だなと思って」

妄想女子もここまでくると重症か？

「レアの方が素敵ですよ」

うん。これはきっと贔屓目なだけだね。

それにしても夜会の時の追い詰められたような雰囲気はすっかりなくなったようだけど、大丈夫なのかな？　一人で思い詰めていないといいのだけど……。でも男性ってあんまり弱い部分を女性に見られたくないとか聞くから、下手に触れない方がいい気もするし……。

「食事が口に合いませんか？　すぐに作り直させましょう」

私の手が止まっていることを心配したルディが、すぐさま動き出す。

「大丈夫！　美味し過ぎて、噛みしめていただけだから！」

噛みしめるほど美味しいという私の言葉に、すかさず反応する。

「では明日も同じ料理を出すように言っておきましょう」

俊敏な反応と対応。やっぱりいつも通りなんだよね。

朝食を食べ終えると、早速オラール伯爵邸に向かう。

伯爵邸の前で馬車から下りると、早朝にも拘わらず意外な人物と遭遇した。

「これはランドール侯爵夫妻。昨夜は大変だったようですね」

伯爵邸から出てきたのはマルクスだった。シルクハットを取り、丁寧なお辞儀で私達に挨拶をする。

「伯爵から聞いたのか？」

「ええ。昨夜伯爵閣下がお召しになった夜会の衣装についてお話を聞くためにお伺いしたところ、貴族を乗せた馬車が複数襲われたと伺いました」

指で口髭を撫でながら、マルクスが心配そうな顔をした。

海賊達は私達というよりも、無差別に貴族の馬車を狙ったんだ。ルディが言っていた『五人しかいなかったというのが不自然』も、他の馬車も同時に襲っていたと考えれば繋がってくる。だとしたら目的は何？　貴族への恨み？　それとも金品目当て？

「それにしてもこんな朝早くから伯爵邸に訪問とは、随分と伯爵とは仲がいいようだな」

「私は商人ですので、店が開いたら店のことにかかりきりになってしまいます。そのため空けられる唯一の時間である早朝でも、閣下はお許しくださるのです」

「そのわりには俺達が店に行った時はいなかったようだが？」

やけにマルクスに突っかかっていない？　謝罪したのにまだ根に持っているのかな？

「その節は大変申し訳ありませんでした。私の抱える店舗は一店舗だけではないもので、あの時は他の店舗の対応に追われておりました」

そういえば高級料理店もマルクスが経営者だったよね。

これ以上ルディが突っかからないように、仲裁に入る。

「たくさん店舗があると、お忙しいですね」

「夫人のお心遣い感謝致します。よろしければ王都に帰られる前に、是非衣装店に立ち寄ってください。心ばかりのお詫びをさせて頂ければと思います」

「お気になさらないでください。同じようなことが起こらないようにして頂けるだけで十分ですから」

「それはもちろんです。二度と先日のようなことがないように、店員の指導を徹底してまいります」

頭を下げながら道を譲るマルクスの横を通り過ぎ、そのまま伯爵邸を訪問した。

通された応接室のソファーに腰をかけていると、フワフワの長い髪をなびかせながらオラール伯爵が姿を見せる。その顔にいつもの穏やかな笑みはない。

「ランドール侯爵、ご足労いただきありがとうございます。その……申し上げにくいのですが……」

目を泳がせながら気まずそうに、伯爵がソファーに腰をかける。その様子に嫌な予感がした。

「実は捕らえた賊に逃げられてしまいまして……」

横目でルディの様子を窺うも、ルディは無表情のまま伯爵を見据えている。こういう時の無表情ほど怖いものはない。伯爵も同様に感じ取ったのか、額から流れ出る汗をハンカチで拭う。その拍子にウィッグがわずかに後ろにズレてギョッとなる。もしかして立て続けの早朝の来訪者に、準備する時間がなかったとか!?　違うところでもハラハラさせられるんですけど!?

「その……移送中に新手の賊に襲われまして……警備兵だけでは対処できず……。その……本当に申し訳ありません!!」

小柄な体をさらに小さくさせながら、勢いよく頭を下げる伯爵。枕詞が『その……』になっている時点で伯爵の心中は察する。

「それで?」

ルディの一言に私と伯爵の体がビクリと動く。ルディは伯爵に問うているだけで、他意はない……はず。ルディからも別に怒っている空気を感じないし……。ただ……。

この感じはとても久しぶりな気がする。

義姉の頃は、考えが読めないルディに毎日ビクビクしていた。最近はちょっとした空気や仕草で考えが読めていたから、久しぶりに無感情の読めないルディが怖い。

「その……現在、兵を動員して賊の行方を追っているところです……」

顔を上げた伯爵のハンカチの動きが尋常じゃない。冷や汗が止まらないとは、まさにこのこと。そしてウィッグの動きも伯爵に合わせて上下に動く。

「つまり、まだ逃げた賊も捕らえられていなければ、主犯も分かってはいないということか？」

「主犯とおぼしき人物には心当たりがあります」

ここだけははっきりと言い切る伯爵に、首を傾げる。何か深い事情でもあるのだろうか？

「おそらくこの辺りで有名な、女海賊の仕業だと思います」

女海賊……カッコいい!! いやいや。今は憧れている場合ではない。話に集中しないと。

「以前から他の港では、商船が海賊によって狙われる被害が多発しておりました。私の伯爵領周辺の海域では巡視船を出しているため、被害は最小限に抑えられていますが、捕らえるまでには至っておりません。その海賊共の首領が、悪名高い女海賊というわけです」

「その女海賊がどうして陸に上がって貴族の馬車を狙うのだ？」

ルディの言う通りだ。金品狙いで商船から貴族の馬車にターゲットを移したと考えるのは難しい。夜会の後で着飾っているとはいえ、手持ちの金品などたかが知れている。身の代金目的の誘拐としても、取引現場まで出向くことを考えれば、不意を衝ける商船を狙うよりもリスクが高い。

「私に対する忠告だと思います」

伯爵は両手の太い指を絡めて強く握りしめて俯いた。と同時にウィッグも下がり、安定の位置に戻る。これでこちらの問題は一安心だ。静かに胸を撫で下ろす。

「私がこの伯爵領の領主になってから、海賊の弾圧に力を入れてきました。あの女海賊はそれを面白く思っていないのでしょう」

確かに貴族が伯爵領で大怪我を負えば、貴族からの伯爵領の警備の信頼は損なわれることになる。そうなれば伯爵にとっては大打撃だ。だけどどうにも腑に落ちない。

「あの……このような事件は初めてなのでしょうか？」

「はい。今回が初めてで、不意を衝かれました……」

私の問いに、伯爵が申し訳なさそうに視線を上げる。

初めてだとしたら、なぜこのタイミングだったのかという疑問が残る。

伯爵領に向かう途中の馬車の中でマルクスが、『伯爵閣下が地方の領主を集めて夜会を開かれる機会が多くなった』と話していたことからも伯爵邸で夜会を開いたのは今回が初めてではないのだろう。

それなのに女海賊は今回に限って動いた。

伯爵邸で夜会が開かれることを知っていたのであれば、参加者の情報くらい把握していてもおかしくなさそうだ。それなのにわざわざ、王位継承権を持つランドール侯爵が参加している夜会に手を出した。ルディに何かあれば王家は黙ってはいないだろうから、伯爵が行ってきた軽い弾圧くらいでは済まなくなるのは目に見えているはず。

だからこそ納得いかないのだ。伯爵に忠告するだけなら、わざわざ今回じゃなくても他の機会にした方が得策だと思う。それともただ単にランドール侯爵を知らないだけ？　ランドール侯爵って誰？　状態だとか？　……王都ほど見る機会がないし……う～ん……それはあり得るかもしれない。

「ランドール侯爵！　恥を忍んでお願いがあります！」

突然額を打つのではないかと思うような勢いで、テーブルに両手を突きながら伯爵が頭を下げた。ウィッグが一瞬浮き上がり、私の心の中も焦る。

「伯爵領民……いいえ！　全港の民のために、女海賊を捕らえては頂けないでしょうか！

このままではこの国の港町は壊滅してしまいます！」

「しかし、俺は新婚旅行中だからな……」

「そこを何とかお願いします!!」

テーブルすれすれまで頭を落とし懇願する伯爵。それでも難色を示すルディに小さく溜息を吐く。

新婚旅行は楽しみたいけど、ここまでプライドを捨ててお願いしてくる人を無下にはできない。それに伯爵領だけでなく、港町全体が困っているのならなんとかするのが国に属する貴族の務め。しかもルディは王位継承権まで持っているのだから、ここで断ったら民達から見捨てたと非難され、ルディの立場も危うくなる。ルディは気にしなさそうだが、妻としてそれは防ぎたい。

ルディの上着の裾を軽く引っ張ると、こちらへと視線が向けられる。私の目を見た私博士は瞬時に考えを察してくれたようで、小さく溜息を吐く。

「分かった。調べるだけ調べてみよう」

顔を上げた伯爵の目が輝く。

「ありがとうございます！　さすが天下のランドール侯爵です！」

こちらは色々ハラハラさせられ通しでしたけどね。ホント、調子のいい伯爵だよ。

伯爵邸を出ると、外で待機していたランドール侯爵家の騎士にルディが使いを命じる。

「王太子殿下に早馬を出せ。返事はうちの諜報員に持たせろ。二日で来いと」

馬車で七日のところを二日で来いって厳しくない？　ルディに愛されていなかったら、私もこんな扱いを受けていたのだろうか？　その前に害虫扱いで、殺されていた可能性の方が高いけどね。

「ねえ、テネーブルがこの街に来るの？」

ルディの袖を引くと、苦々しい顔で返答された。

「呼びたくはありませんが、あいつが一番早く到着できるでしょうから」

それは鬼畜仕様で命じればってことだよね。

「それなら私もお願いしたいことがあるのだけど、いい？」

「もちろんです。いくらでもこき使ってください」

こき使うもなにも、ルディよりは可愛いお願いになることは間違いない。

騎士が動き出したのを見届けて馬車に乗り込む。宿泊先に向けて走り出した馬車の中で、どこから調べるかについて話し合いを始めた。

「まずは徹底的な聞き込み調査ね」

私の気分はもう刑事である。

「そうですね。相手が海賊なら海からの上陸を考えて、まずは海に近いところに住んでいる人間から話を聞くのがいいかもしれませんね」

「なら町娘の出番ね」

予定外のところで着ることになるとは思わなかったよ。宿泊先に戻ってからの予定を考えていると、ルディが真剣な眼差しで私を見据える。

「……レアは危険なので宿にいてください」

確かに遊び気分で首を突っ込んでいい問題ではないことは分かる。けど手を貸そうと最初に目で訴えたのは私だ。それなのにルディ一人に任せるのは、無責任というもの。

「一人で調べるよりも、他の意見もあった方が早く解決できるかもしれないよ」

私のスポンジのように軽い頭なら、別の視点で見えることもあるかもしれない。それに聞き込みだったら男性より女性相手の方が警戒心も緩まると思う。なにより私がルディの力になりたい。

「しかし……」

それでも渋るルディに止めを刺す。

「見知らぬ土地に妻を一人残して行くというの？」

これにはさすがのルディも心が揺れ動いているようだ。もう一押し！

「私にはルディ以上に信頼できる騎士はいないのよ」

少し儚げな表情を作ってみせる。ちょっとわざとらしいかな？

滅多に使わない手法に心配していると、両手をガシリと掴まれて持ち上げられる。

「命に代えても守り抜きます」

気合の入った力強い宣言に、頰が引きつる。

「お願いだから命には代えないで」

こんなことになるなら、防犯グッズも持参すればよかった。

宿泊先に到着すると、早速町娘に扮装した。

「ゆっくり旅行できる予定でしたのに、すみません」

着替え終えてルディの下に行くと、申し訳なさそうにルディが謝りながら私に歩み寄る。

「どうしてルディが謝るの？　私が言い出したことなのに」

「俺がこの街を選ばなければ、こんなことにはならなかったでしょうから」

「前にも言ったけど、私はルディといられればそれだけで楽しいの。だから謝る必要なんてないわよ。それに正直に話すと、少しワクワクもしているの」

「わくわく……ですか？」

「だって相手は海賊よ！　王都にいたら海賊がいるなんて知らなかったもの！」

目を輝かせながら興奮気味にルディに詰め寄ると、ふっと笑った後にルディが破顔した。

「な……なんで笑うのよ！」

破顔の破壊力とはしゃいだ恥ずかしさから、口を尖らせる。

「恋愛小説に出てくる女性は海賊とか怖がりそうなのに、レアが全く違う反応を見せるのが可愛いからです」

破顔したまま笑い声を堪えるルディ。

どうせ私はどこまで行っても悪役の立ち位置ですよ！　恋愛小説に出てくるヒロインにはなれませんから！

ふんっと拗ねたようにルディに背を向ける。

「レアのおかげで心が晴れました」

突然片側の耳元に響くルディの声と、鼻翼をくすぐる甘い匂いに包まれる。後ろからルディに抱きしめられたと瞬時に察した。唐突に来られると、やはりまだ恥ずかしい。でも、これでルディが元気になったのならいいや。私の肩にキスをするルディに頭を寄せて、心地よい一時を過ごした。

大人数で動くと警戒されると心配した私達は、ルディと二人で行動することにした。向かうのはもちろんドレスを仕立ててくれた衣装店。なぜって？　知り合いのところから情報収集するのは定石でしょ。

「店員さんが、お客さんや近所の人達から何か聞いているといいんだけど……」

徒歩で坂道を下りながら呟く。

「店を開いていれば情報網は広そうですからね」

「まあ衣装店で情報を得られなくても、他を当たればいいだけの話だよね」

海賊が人間である以上、上陸した時に誰(だれ)かしらに見られている可能性は高い。……まさか幽霊船(ゆうれいせん)が相手とか言わないよね？

嫌(いや)な想像をしていると、店の近くでルディが立ち止まる。

「どうしたの？」

尋(たず)ねると、警戒するように店の中を窺(うかが)う。

「中の様子がおかしいです」

言われて一緒(いっしょ)に店に目を向けるも、静まり返っている店からは誰かさんの表情同様、何も読み取れない。

「いつもと同じじゃない？」

「店の中に多数の人の気配がします」

さすがに気配までは読み取れないかな。それにしても大人数がいるのにこれだけ静かだと、パーティーを開いているってわけじゃないよね？　いや。サプライズパーティーで息を潜(ひそ)めているとか？

「気配からしてあまりいい感じはしませんね」

はい、パーティーの線消えた。

「誰かが店を占拠(せんきょ)した？」

「可能性はあります」

あの優しい女性店員は無事だろうか……。

「もし店員さんが人質にされているなら助けないと」

「そうですね。俺が中の様子を見てきますので、レアはここにいてください」

「気を付けてね」

心配そうに見つめる私に、ルディは安心させるように目元を和らげる。そして私の頬を一撫ですると、店に向けて歩き出した。その様子をハラハラしながら見守る。

ルディが店の中に入ると、心配になった私は姿勢を低くしてショーウィンドウに近付いた。ショーウィンドウからこっそり店の中を覗く。そこには明らかに客とは違う様相の数人の男達が、ルディと対峙している。男達の手に握られているのはカトラスのようだ。

まさか店を占拠したのは海賊達!?

何か話しているのか対峙したまま動かないルディと海賊達。一触即発の雰囲気に息を呑む。

不安そうに店の中を見守っていると、背後に擦れるような音が聞こえて振り返る。そこにいた人物を目にした瞬間、頭の中が真っ白になった。

ど……どうしてこの人がこれを持っているの……!?

そこにいたのは、銃口をこちらに向けて立つカリーナだった。

第三章　無力な自分

　カリーナが構えている銃は、エドワール侯爵が持っていた銃と全く同じ物のようだ。この辺りで銃を製造しているのは隣国のヴォルタ国だけのはず。それなのになぜそれをカリーナが持っているの!?

「その銃をどこで手に入れたの？」

　エドワール侯爵に銃を向けられた時とは違い、今回は崖下に最悪飛び込んでみるという選択肢がない。撃たれたら一巻の終わりだ。恐怖心を抑え込みながらカリーナに尋ねる。

「戦利品としてもらったのさ」

　戦利品？　伯爵の、商船を襲っているのは女海賊という話が頭を過る。店を占拠している海賊達。そしてその場に銃を持って現れたカリーナ。嫌な想像が膨れ上がる。

「撃たれたくなければ、こちらの指示に従ってもらおうか」

　どうする？　殺す気はなさそうだから、飛びかかって銃を押さえてみる？　でも身長も体格もあちらが断然上だ。

「私達はこの店の店員に話を聞きにきただけよ。あなたに危害を加えるつもりはないわ」

「知ってるよ。昨夜の事件を調べて欲しいと、オラール伯爵に頼まれて動いているんだろ」

驚きで目を見開く。どうしてカリーナがそこまで知っているの!?

事件は複数の馬車が襲われたと言っていたから噂になっていてもおかしくはないが、伯爵に頼まれたのはつい先程の話だ。私達の動きを監視していた?

……いや、違う。カリーナが監視していたのは私達じゃなく、伯爵の方なのではないだろうか？　伯爵を監視していた理由は、馬車の事件で伯爵がどう動くかを探るため？　もしそうだとしたら……！

「あなたが伯爵の言っていた女海賊だったのね」

私に問われてもカリーナは顔色一つ変えない。知られても構えている銃で口封じをすればいいということね。

脅しじゃないと言わんばかりに、カリーナはカチャリと撃鉄を起こし、引き金に指をかける。

「ここで撃ったら銃声を聞いた警備兵が駆け付けて、あなたはすぐに捕まるわよ」

私の脅しに動揺するどころか、カリーナが鼻で笑う。

「撃つ相手はあんたとは限らないんだよ」

そう言いながら、カリーナが銃口を横にずらす。

ずらした位置を確認するため振り返ると、そこにはガラス越しにこちらに背を向けているルディの姿。

「止めて!!」

慌てて、銃口の前に移動する。

「あんたが旦那を説得して、私に従うっていうなら何もしないよ。さあ、どうする？」

考えても突破口を見出せない自分が、いかに無力な人間であるか思い知らされる。だけど一つだけはっきりしていることがある。優先するべきはルディの命ということだ。

「分かったわ。従うから約束は守って」

「それはあんたの旦那の出方次第だね」

カリーナが不敵に笑う。つまりルディが動く前に投降させろと言いたいのね。

銃を突き付けられたまま、店の入り口へと向かう。店の扉の前に立ち、小さく溜息を吐きながらそっと扉を開く。

「レア!?」

突然店に入ってきた私に、ルディが驚き声を上げた。その直後、殺意のこもった声が店に響き渡る。

「お前!?　レアに何をしている！」

私の後ろに銃口を突き付けながら入ってきたカリーナを見て、状況を理解したのだろう。

「ルディ。落ち着いて。撃とうと思えば彼女はとうに私達を撃っているわ」

冷静さを欠いているルディを刺激しないように、静かに声をかける。

ギリッとルディが奥歯を噛みしめる音が聞こえてくる。この状況を作ってしまったのは、無力なのに付いてきた私のせいだ。悔しがるルディの姿に胸が締め付けられる。

「大丈夫だから、剣を仕舞って」

「くっ！」

怒りを抑え込むかのように小さく呻くと、剣を鞘に戻してくれた。

「何が望みだ」

そのまま殺意のこもった目で、私の後ろに立つカリーナを睨む。

「貸した借りを返してもらおうかと思ってね」

カリーナはルディの睨みにも動じる様子を見せない。まあ剣と銃なら飛び道具の銃の方が断然有利だ。強気でいられるのも分かる。

「何をさせたいんだ？」

カリーナが動じていないことを分かっていても、殺気を緩める気はなさそうだ。

「ここではいつ警備兵が来るか分からない。場所を移して話そうか」

「レアはここで解放しろ。話なら俺が聞く」

「それは聞けないね。夫人がいなければ、あんたはここで大立ち回りを繰り広げるつもりなんだろ」

ルディが素直に押し黙る。図星なんだね。

「心配しなくても大人しく従いさえすれば、傷をつけるような真似はしないよ。これでも女性には優しいからね」

「……分かった」

返事が聞こえた次の瞬間、カリーナに送られたルディの視線に背筋が凍る。

「レアに傷一つ負わせてみろ。その時は容赦しない」

ルディから流れ出る空気に、部屋にいた全員が息を呑む。

「……いいだろう。約束してやるよ」

強気でいたカリーナも、なんとか声を絞り出しているようだ。チラリと後ろに視線を向けると、その額からはじんわりと汗が噴き出しており、空いている手で首元を押さえていた。銃を持っていても気圧されるほどの圧をかけられたということだろう。

盟約を得たと判断したルディが、ようやく殺気を引っ込める。その様子を見ながら周囲の海賊達が、恐る恐るルディに近付き拘束し始めた。

「ごめんね、ルディ」

カリーナの様子を窺いながら、静かに歩み寄る。変わらず銃口は向けられているが、怪しい動きをしなければ撃たないということのようだ。縛られる痛々しい姿を目の当たりにして、自己嫌悪に陥る。

「俺は大丈夫ですよ。今は奴等の借りが何かを探ることだけに、集中しましょう」

泣きそうな私を励ますように、ルディが私の額に自分の額を押し当てる。そんなルディにコクリと頷いた。

カリーナの計らいにより、変な気を起こさないならという約束で、私の拘束はなしにしてくれた。

本当はいい人なのか？　それともルディとの約束を守るために、縛った痕ができるのを避けたのか？　そうだとしたら意外と約束は守る人なのかもしれない。

いずれにせよルディが拘束されている時点で、私にできることなど何もない。カリーナが銃を所持している以上、武器も持たない私が下手な行動を取ればルディの命を危険に晒すことにもなりかねない。今はルディの言う通り、カリーナの狙いを探ることだけに集中しよう。

カリーナは店の裏口を出てすぐに、地面に設置してある石畳を持ち上げた。

店に衣装店の店員の姿はなく、どうやら留守の時を狙って占拠したようだ。占拠と言っているがカリーナと店員の仲を見る限り、借りた可能性もある。ということは、最初から私達がこの店に来ることを見越していた？　そうだとしたら私達はまんまとカリーナの罠に嵌められたというわけだ。

悔しがっている間に石畳がどかされた。その先には地下道のような空間が広がっている。

これは……！　秘密の地下通路ってやつ！

ソワソワと中を観察する。不謹慎だが冒険心は抑えられないものだ。

「帰ったらランドール侯爵家の地下にも造りましょう」

私の冒険心を見逃さなかったルディが、すかさず提案してきた。

「迷子になりそうだから造らなくていいよ」

自分の家の地下で白骨死体となって発見とか嫌すぎる。それに役立つ日が来られても困るからね。

私達が下りたところで、カリーナが歩き出す。下りた地下は下水道とかではなく、ただの地下道のようだ。

「中は入り組んでいるから、余所見してると迷子になるよ」

冒け……いや、敵の秘密通路を偵察するため、キョロキョロと辺りを見回している私に忠告するように、カリーナが声をかける。

「この道はあなた達が造ったの？」

特に会話することがなかったため、情報収集も兼ねてカリーナに尋ねてみた。

「先人達が残した道さ」

なんのためにこの道を造ったのだろうか？　その疑問は終点に着いて理解した。

地下を通り抜けた先にあったもの。それは海に繋がる大きな空洞を利用した隠れ港だ。

そしてそこに停泊していたのは、商船でも漁船でもない巨大な船。

船首がスマートな木造の茶色い船体に、帆柱の最先端に取り付けられた旗には、青い羽飾りを付けた女性っぽい海賊マークが大きく写し出されている。

これぞまさに海賊船！

か……カッコいい!! じゃなかった……。今の私は人質なのだ。喜んでいる場合ではない。

「帰ったらレア専用の、海賊船を造りましょう」

ルディの提案再び。目を輝かせて眺めていたのを見破られていたようだ。

「港町まで遠いから、気持ちだけもらっておくわ」

造っても維持費だけで無駄遣いになりそうだ。それに侯爵夫人が海賊船など保有していたら、新聞記者達の格好のネタにもなりかねない。勇んで取材に来る、記者達の姿が目に浮かぶ。

カリーナはそのまま船内に続くタラップを歩き、甲板へと上る。その姿を眺めていた私達を見下ろす。

「なにしてんだい？　早く上がって来な」

上がれと言われましても……。海上に出られては逃げ道がなくなってしまう。

「大丈夫ですよ。俺を信じてください」

躊躇う私の耳元でルディが囁く。ルディには何か考えがあるのだろうか？　不安を抱えたままタラップを上る。そういえば前世でも船って乗ったことがないかも。まさか初乗船が海賊船になるとか、今世の人生は波瀾万丈すぎるよ。

甲板を踏みしめながら、カリーナの下に近付く。カリーナの後ろには側近なのか、体格のいい女性と小柄な女性が立っていた。店にいたのはカリーナ以外は男性ばかりだったから、男性しかいないのかと思っていたけど、女性海賊もいるのね。じゃあ伯爵の言っていた女海賊はこの三人のうちの誰かってことかな？

「それじゃあ、本題に入ろうか」

近くに置いてある樽の上に腰をかけたカリーナが、長い脚を組む。一瞬でもその仕草にカッコいいと思ってしまう自分にあきれる。

「お前が海賊だったとはな。動きが静かなのは商船を静かに襲うためか？」

縛られていてもこの喧嘩腰の余裕。撃たれるかもしれないのに、怖くないのかな？

「おや？　私が海賊って気付いていたのかい？」

「この船を見れば海賊船だというのは一目瞭然だ。さらに羽飾りを付けた帆の絵柄とお前の首についている羽飾りが一致していることからも、この船の船長はお前なのだろ」

船長だったの!?

「ちょっと見ただけで色々把握してくれて、助かるよ」

口角を上げて笑うカリーナに、真剣な表情でルディが尋ねる。

「レアに商船から奪った物を着せたのか？」

……ん？

これには私もカリーナも目を丸くする。なんか聞き方おかしくない？　聞くなら『レアに着せた物は商船から奪った物か？』じゃないの？

「もしレアにそんな物を着せていたのだとしたら、お前の命はないと思え」

聞き間違いじゃなかった！

商船を襲うことよりも、奪った物を私に着せた方が罪が重くなるとか、この子の罪の重さの基準が分からない!!

「あーはははははははっ……」

これにはカリーナも大笑い。なんで言った本人より、言われた側の人間の方が恥ずかしくなるのよ！　真っ赤な顔で俯いた。

「惚れこんでいるとは思ってたけど、これほどとはね」

「笑いごとではない」

笑いごとです。

大笑いしていたカリーナが、海に繋がる洞窟の入り口にチラリと目を向ける。洞窟に入って来た一艘の小型船を気にしているようだ。

「ちょうど偵察船も戻って来たようだし、その答えを知りたいなら私の仕事を手伝いな」

仕事って……まさか！　商船を襲う仕事!?

「だ……ダメ！　ルディに海賊の仕事なんかさせられない！」

止めようとすると、カリーナが私に銃口を向けて撃鉄を起こす。

「待て！　約束が違うぞ！」

「私に従うという約束を忘れているようだから、もう一度教えてやろうと思ってね。たとえあんたに殺されたとしても、大事な夫人の胸に風穴くらいは開けられるだろ」

「分かった。お前に従う」

「ルディ！」

「レア。今は奴の言うことを聞いておきましょう」

「で……でもこのままじゃルディが悪人になっちゃう」

涙ぐみながらルディを見上げる。

「大丈夫ですよ。レアを悲しませるようなことはしません。俺を信じてください」

黙り込む私に話がついたと判断したカリーナが、傍に控えていた体格のいい女性海賊の一人に声をかける。

「お嬢ちゃんを船倉に閉じ込めておきな」

カリーナに命じられ、女性海賊が俯く私の背中を優しく押す。

ルディを助けたいのに、そのルディから信じろと言われてしまっては何もできない。

無力な私は何もできず、指示に従うしかなかった。

心なしか落ち込みながら大人しく女海賊に付いて行くレアを見送っていると、船が動き出した。

「船倉は安全なんだろうな」

「船が沈みさえしなければね」

俺の縄を切りながら、女船長が不敵に笑う。つまり船を沈ませたくなければ、しっかり働けということか。

この船に乗り込んでから、海賊の人数は大体把握した。レアが船倉に閉じ込められている今が、この船を制圧する絶好の機会でもある。だがこの女船長が銃を所持している以上、迂闊には動けない。先程の態度からもこいつは俺に一矢報いるためなら、躊躇わずにレアに向かって引き金を引くだろう。それだけは絶対に避けたい。それならば奴等の仕事とやらに手を貸しながら、隙を見てレアを連れて逃げ出す方が得策だ。

だがそれ以前に気になることもある。部下達の中に、俺達の馬車を襲った海賊がいなかったことだ。小型船で偵察に出ている可能性はあるだろうが……。

「そろそろ見えてくる頃だよ」

海の先を見据えながら、女船長が俺に呼びかける。

「お前達！　準備はいいかい！」

「おぉ――――っ!!」

女船長の合図に、鼓膜が破れそうなほどの大きな声が船中に響く。

「標的は目の前だ！」

女船長は腰のサーベルを抜き、海の先に浮かぶ船に剣先を向けた。その剣先の船を見て、俺は目を見開く。

「標的って……まさか、あれが？」

自分が何のためにここにいるのか。虚無感に駆られながら、閉ざされた床下収納用の船倉の扉を見上げる。

ルディの言う通りに宿泊先で大人しくしていれば、カリーナに従わなくてもすんだかもしれない。私に戦う力があれば、ルディが海賊の仕事を手伝わなくてもすんだかもしれない。私が……。涙が頬を伝う。

新婚旅行に来てから私は何をした？　町娘の格好で出歩きたいと我儘を言ったせいで、ルディが警備兵に捕らえられそうになり、情報収集に付いて行きたいとお願いしたせいで、ルディを危険に巻き込んでしまった。そもそも私が海に行きたいと言い出したばっかりに――！

自分の不甲斐なさを払拭するように、両手で頬を叩く。

何をめそめそと落ち込んでいるの！　落ち込んでいる暇があるなら、今できる最善を考えて動くことが先決でしょうが！

痛みの刺激で目が覚めた頭をフル回転させる。

今の一番の問題は私が人質になっているということだ。私が捕らえられているから、ルディも自由に動けない。だったらここから脱出して、人質じゃなくなればいいのよ。逃げ出すなら商船を襲うことに集中している今が狙い目。

ルディ、待っててね！　なんとか脱出してみせるから！

早速駄目もとで、閉じられた扉を両手で押してみる。鍵がかかっているのかガチャガチャと音を立てて開く気配はない。

この扉は通気性を良くするためか、鎧戸になっている。鍵はかけられているけど木製だから、わずかな隙間から指を入れて一枚でも板を剝がせられれば、周囲の板も壊すことができるかもしれない。

早速板を外そうと隙間に手をかけたところで、船が大きく揺れる。

わわわっ……！　何が起こったの⁉

バランスを崩し床に転げ落ちると、遠くから轟くような大声が聞こえてきた。

もしかして商船と戦っている声⁉

焦った私は再び板に手をかけ力一杯引くも、ビクともせず。一旦休憩と手を緩めた。

分かっていた。漫画やアニメじゃあるまいし、『壊れて脱出』などとご都合主義な展開は現実ではやってこないということを……。

それでもやるしかないのよ！

ぐおぉぉぉ……！　と全身の力を込めて上下左右に動かす。私の奮闘と共に、甲板の方から歓声のような声が聞こえてくる。私を応援しているわけではないことだけは分かる。おそらく勝負がついた歓声なのだろう。だが諦めるわけにはいかない！　なんとしてでもここから逃げだすんだ！

歓声を無視してそのまま奮闘を続けていると、頭上から床の軋む音が聞こえてきた。決着がついたから再び人質として私を連れて行くために、誰かが迎えに来たのかもしれない。

息を潜めて相手の出方を窺う。軋む音は私の頭上で止まり、カチャカチャと扉の鍵を開けるような音が聞こえてくる。

ここは扉を開けた瞬間を狙って、頭突きで相手を気絶させる！　そしてその隙に脱出する！

扉がゆっくりと開けられ……。

今だ!!

勢いよく相手目がけてジャンプ！　するも相手にスルリと避けられる。

外した!?

「扉が開ききる前に飛び出すと、危ないですよ」

頭上から聞こえてきた声に顔を上げると、片膝を突きながら全開に倒した扉から手を離すルディの姿があった。

「ル……ルディ!?」

船倉から飛び出し首に抱きつくと、突然抱きつかれたルディはバランスを崩しお尻から床に落ちる。

「ごめんね、ルディ！　私が頼りないからこんなことになっちゃって！」

「レア」

足手まといの私を責めることなく、優しく包み込むようにルディの手が私の背中に回される。その温もりに止まっていた涙が溢れ出す。

「ルディに守られてばかりで、何もできない自分が大嫌い！」

「落ち着いてください、レア」

耳元に届くのは、どこまでも柔らかく穏やかな声。

どうしてこんな私に優しくするの？　私のせいで海賊に力を貸す羽目になったと、もっと怒って罵ってくれたって構わないのに！

「私のせいで悪事に手を染めたルディを誰にも悪く言わせない！」

「話を聞いてください、レア」

文句を言う人間は、私の武器で片っ端から成敗してやるんだから！

「今度は私がルディを守る番よ！」

強い決意と共に、ルディの首に抱きついていた手を緩めて顔を上げる。すると漆黒の瞳が至近距離に迫り大きく目を開く私と目が合う。その直後、柔らかくしっとりとした感触が唇から伝わってきた。

突然の出来事に息が止まる。

「落ち着きましたか？」

唇から温もりが離れると、ルディが囁く。

え？　今、キス、した？

思考も涙も停止する。

「取り乱されていたようでしたので、一旦深呼吸させるために口付けをしたのですが、嫌でしたか？」

不安そうに尋ねてくるルディ。

「い……い……い、嫌じゃないけど……」

不意打ちが恥ずかしいだけで、決して嫌ではない。むしろ嬉しいくらいだ。

「それなら良かったです」

安心したようにルディが目元を和らげる。

「く……口付けじゃなくても深呼吸させたいだけなら、もっと他に方法があるんじゃないの？」

照れくさくなり、垂れた髪をいじりながら上目遣いで見上げる。

「レア以外の人間でしたら、気絶させていましたね」

無表情で手刀を食らわせるルディの姿が目に浮かび、一瞬で真顔に戻る。あり得すぎて怖いわ。

「女性まで気絶させるのはよくないよ」

「しかしこの方法はレアにしか使いたくありませんから」

私以外に使ったら、それはそれで大問題だ。というか、この子の中では気絶させるかキスするかの二択しかないのだろうか？　もっと色々ありそうじゃない？　どんな方法だと聞かれても答えられないけど。

いつの間にかツッコめるくらい、冷静さを取り戻した私。いや、むしろごちゃごちゃと考えていたことが全て吹き飛んでいってしまった。そしてふとこの状況の違和感に気付く。

ところで……なんでルディが、人質の私を解放しているの？

周囲を確認しながら、甲板に続く扉をこっそりと開く。

ルディには甲板に行けば理由が分かると言われたが、逃げ出すなら今が絶好のチャンスだ。

「おや？　遅かったね」

「ぎゃあ――――!!　見つかった――――!!　悪霊退散!!」

瞬時に見つかったことに焦った私は強く目を瞑りながら、咄嗟に指で十字を作りカリーナに突き出す。宗教から退治する相手まで滅茶苦茶ではあるが、これが今、私にできる精一杯の抵抗である。

あれ？　効いた？

静まり返る周囲に、一縷の無駄な望みが芽生える。

そろりと目を開けると、甲板に広がっていた光景に十字を突き出したまま首を傾げる。

海賊達が取り囲んでいるのは、縄で縛られた……海賊？　どういう状況？

「えっと……この状況の説明をお願いできるかな？」

不可解な状況に困惑した私は、誰に向けるわけでもなく回答を求めた。

「女海賊達は商船を狙う海賊達を捕らえている、海賊団のようです」

ルディが私の十字の手をそっと下ろしながら、問いに答えてくれた。だが……。

『海賊』の単語が多すぎてややこしい。

「つまり彼女達は商船を狙う悪者達を捕らえる、正義の味方というわけです」

黙り込む私の心情を察したルディが、とっても分かりやすく言い直してくれた。

「ちょっと待ってよ。それじゃあ伯爵の言っていた悪い海賊はカリーナ達じゃなくて、他の女海賊ってこと!?」

理解した私がルディの方を振り返ると、背後からカリーナの声が飛んできた。

「この辺りの女海賊はこの船にしかいないよ」

「ということは、伯爵はカリーナを犯人だと思い込んでいて、実際は商船や貴族の馬車を狙った海賊団は別でいるということ？」

「その辺りも含めて、彼女からは色々話を聞く必要がありそうです」

捕らえた海賊の処遇も含め、一旦港町へ向かうことにした。

船はそのまま助けた商船を護衛しながら、伯爵領から離れた違う領地の港に停泊した。

そこは伯爵領の港とは違い、寂れた様相をしている。

港に下りると、商人らしき人達がカリーナの下に集まってきた。

「カリーナさん。船を守ってくださりありがとうございます」

みんな涙ぐみながらカリーナにお礼を言っている。感謝の度合いを見ていても、どうやらルディの言っていたカリーナが正義の味方というのは本当のようだ。

「今回は間に合って良かったよ」

カリーナも商人達に気さくに笑いかけている。

オラール伯爵はこの辺りの商船を荒していたのは女海賊だと断言していた。しかし実際は、襲われた商船を助けていたのはカリーナの一団だった。では貴族の馬車を襲ったのは？　この現状を見ていたら、彼女が馬車を襲うよう指示したとはとても思えない。

「そうそう。あんた等の夜会の衣装を用意したのはこいつだよ」

カリーナが一人の商人の肩を叩きながら私達に紹介する。奪った物ではないと知り、安堵した。疑ってごめんなさい。

「とても素敵な衣装を用意して頂き、ありがとうございました」

笑顔でお礼を言うと、商人が照れたように顔を赤らめさせた。しかしすぐに顔を青ざめさせる。

「い……いえ。カリーナさんの頼みなら喜んでご用意致します」

怯えたように目を泳がせながら、ペコペコと商人が頭を下げる。私は私の斜め後ろに立つ人物をチラ見した。

「どうしましたか？」

私の視線に即座に気付いたルディが、目元を和らげる。こういう時のルディは、何かを誤魔化していたりする。

訝しく見つめていると、ルディの視線がタラップに向けられる。縄で縛られた敵海賊達が下りてきたのだ。

「奴等をどうしますかね……」

商人の一人が悩ましそうに言う。

「そうだね……。領主に引き渡しても、罰金刑で即釈放されるだけだしね」

「どういうこと？」

今の会話に疑問を抱いた私が質問すると、カリーナは困り顔で私を見つめてきた。

だって少なくとも過去に複数の商船が狙われてきたのなら、乗組員への傷害や荷物の強奪で投獄されてもおかしくないはずなのに、すぐに釈放されちゃうなんておかしいじゃない。

「商船を狙う海賊の数が多すぎて、捕らえても投獄しておける場所がないんだよ。だから各港を保有している領主達は、ろくに尋問もせずに罰金刑という形で海賊共をすぐに釈放しちまうんだ」

「領主様達はそれで得をしますが、荷物を奪われたままの我々には痛手です」

カリーナの言葉を補足した商人が項垂れる。

「しかも領主は捕らえた奴等が過去に荷物を奪って逃げた奴かどうかまでは判断できないから、償わせたいのなら毎回実行犯で捕らえて来いと言い出す始末。さらに厄介なのは、奴等が乗っていた船の始末なんだよ」

「奴等が使っている船は漁船にも商船にも使いづらい安物の船なので解体しないと仕事にならないため、最初は我々がその費用を捻出していました。しかし現在はこの有り様で、お金を出す余裕もない状態です。そこで領主様に嘆願したのですが……」

商人達が全員俯く。返事がないということなのね。

「で、解体されなかった船は解放された奴等が奪って持っていっちまうってわけ。警備兵がいれば、もう少し対処のしようもあるんだけどね」

ルディと顔を見合わせる。

夜会に参加していた貴族達の態度やドブレ子爵を見ていても、この辺りの領主達は自分のことしか考えていない者が多そうな感じがする。領民が痛手を負っていても、自分達の生活に支障がなければ何も問題はないということなのだろう。

だから領主達は商人と海賊達が揉めてくれた方が罰金も直接懐に入り、美味しいと考えているのかもしれない。商人達が納める税は変わらないままで、罰金のお金も入って来るから領主達にとっては今の状況を放置するのが一番というわけだ。

　でもこんなことを繰り返していたら商人達は破産してしまい、領地が貧しくなっていく一方になるはずなのに……領主達は目先の欲しか見えていないのかな？

「事情は分かった。こいつらの身柄は俺が引き受ける」

　ルディの突然の申し出に目を見開く。

　引き受けるって、どうするつもりなの!?

　口をあんぐり開いていると、ルディが捕らえられている海賊達を見据えた。

「捕らえた奴等の中に、見覚えのある顔がある。夜会の日に俺達を乗せた馬車を襲って来た奴等だ」

「逃げた犯人達がこの中にいるの!?」

「奴等の顔は一生忘れるつもりはなかったので、間違いありません」

　私の驚きに力強く頷くルディから、怖いくらいの恨みと執念を感じる。襲われたルディからすれば怒りたくなるのは当然かもしれない。でもただでさえ記憶力のいいルディが一生忘れないとは、恨みが凄まじすぎるよ。

　お気の毒とばかりに海賊達に視線を移す。夜会の帰りに見た賊の姿が思い出される。そういえばあの時の賊達は、みんなシャツとパンツにバンダナと統一されたような格好をしていた。縛られている海賊達もあの夜見た賊達と同じような、茶色のヨレヨレのシャツに黒いパンツ、赤いバンダナといったお揃いの服を身に着けている。

ルディに見下ろされた海賊達の中の数人が、顔を青ざめさせながら視線を逸らす。犯人は俺達ですと、自白しているようなものだ。

「こいつらは、罰金刑などと生温い刑で終わらせるつもりはない。ランドール侯爵夫人が乗る馬車を襲ったのだからな」

聞き間違いかな？　今『夫妻』じゃなくて『夫人』って言った？

一人首を傾げる私を余所に、私以外のその場にいた全員がルディの殺気にぞくりと背筋を震わせた。直に見下ろされている海賊達など血の気が引いて顔が真っ白だ。中には失神した者もいる。

でもこれで夜会の日に馬車を襲ったのはカリーナの一団ではなく、別の海賊団の仕業であることが証明されたわけだ。それならなぜオラール伯爵は女海賊が犯人だと断言したのだろうか？

「こいつらの尋問は俺が直々に行う」

ルディは紙になにかをしたためてカリーナに手渡す。

「伯爵領の宿にいるランドール侯爵家の騎士にこれを渡せ。それまでこいつらはお前の部下で見張っていろ」

つまりルディは私達の護衛で付いてきたランドール侯爵家の騎士に、敵海賊の見張りをさせようとしているのね。

確かにランドール侯爵家の騎士なら、安心して任せられる。なにせ当主のルディや、暇つぶしにとテネーブルが直接鍛え上げている騎士達だから、そんじょそこらの騎士とは比べ物にならないくらいの実力はある。だって指折りの王宮騎士と、元暗殺者との実戦ができるんだよ。そりゃあ否応なしに強くなる。その噂を聞きつけた騎士志望者達が、毎日のようにランドール侯爵家の騎士にして欲しいと懇願しに押し寄せて来ているそうだ。いまや王宮騎士より倍率が高い、憧れの職場っていうのもどうなのよ。

「それよりも俺達は、オラール伯爵から商船や貴族の乗った馬車を襲っているのは女海賊だと聞いている。その辺りも含めて事情を説明してもらおうか」

預けた手紙を部下に渡すカリーナに、ルディが尋ねる。

「ここじゃなんだし、付いてきな」

カリーナに連れてこられたのは、港町にある商人達が話し合いで使っているという会議室だった。

部屋に設置してある横長のソファーにルディと腰掛ける。木の低いテーブルを挟んだ、奥の横長ソファーのど真ん中にカリーナが座る。

「それで？　伯爵の口から女海賊の話が出てきたのは、どうしてなんだ？」

「事の始まりは一年ほど前になるかね……」

ルディの問いにカリーナが順を追って話し始めた。

以前から商船の海賊被害はあったものの、商人達が雇った兵を使い自衛で対応できる程度だったそうだ。それが一年前を境に、海賊の数が急激に増加。雇った兵の傷が癒えないうちに次々に商船が襲われる被害が多発し始めた。このままでは他国との貿易にも支障をきたしかねないと判断した商人達が、航海から帰って来ていたカリーナに相談し、それが海賊退治の始まりになったそうだ。

カリーナは現在海賊として名をはせているが、本来はまだ発見されていない未開の地やお宝を探す冒険家だったそうだ。だがそんなカリーナ達を狙う賊も多く、それらを片っ端から倒しているうちに海賊扱いされていたらしい。カリーナとしては自分の名前で弱い虫を戦わずに追い払えるなら海賊を名乗るのも悪くないと、否定せずにここまできたようだ。

……どうでもいいが、悪役は人を虫扱いするのが好きなのだろうか？

その後、商人達に相談されたカリーナは、海域の警備をしながら海賊が増えた原因の調査も独自で開始した。

「商船を守る時に捕らえた奴等の一人が所持していた武器が、この銃ってわけさ」

カリーナが腰に付けていた銃を取り出し、目の前のテーブルの上に置く。その銃を見たルディの眉間に皺が寄る。

「ヴォルタ国でも銃は国の軍事の根幹となる品だ。その辺の商船から奪った品に入っていたとは考えにくい。それにもし銃が商品の中に紛れ込んでいたとしても、奴等程度に奪われるような護衛は付けないはずだ。銃を奪われて困るのは他でもない、ヴォルタ国の方だからな」

「じゃあ誰かからもらったってこと？」

ヴォルタ国の軍事の根幹となる銃を、海賊にあげたりする人間がいるだろうか？

私が疑問をルディに投げかけるも、ルディにも分からないようで難しい顔で唸る。

「奴等を普通の海賊と思わない方がいいよ」

私とルディのやり取りを聞いていたカリーナが、体を前かがみにして口を開く。

「奴等の動きには規則性がなくてね。普通の海賊なら船長の思考を読めば動きの癖や行動の習性が見えてくる。だけど商船を襲う奴等の行動は毎回変化するんだよ」

そういえば前世の本で読んだことがある。人には必ず決められた行動パターンがあり、そのパターンに規則性がない場合、動いているのは一人とは限らないと。

「船長が他の人に代わったとかって考えられない？」

私の考えにカリーナまで難しい顔をして考え込み始める。

「船長が代わるとなると余程のことだよ。毎回変化するとなると、ちょっと考えにくいね」

「そういえば、今日捕らえた奴等の中に船長らしき人物はいなかったな」

否定するカリーナに、ルディが思い出したように口にする。

「ああ。私も最初は船長のいない船に驚いたけど、うちの偵察船のこともあるし、捕まらないように部下に任せて高みの見物でもしてるんだろうと思っていたよ」

聞けば聞くほど、敵は規則性のない海賊のように思える。

「商人が雇った警備兵やお前の協力があっても追い付かないくらい頻繁に、しかも多数の商船が短期間で襲われるようになったとなると、かなりの数の海賊船が海に放たれていると考えるのが妥当だろうな。広範囲の海で襲われていることも考えると、それこそ十数隻以上の海賊船が動いていてもおかしくはない」

ルディが顎に手を当てて考え込むように話を続ける。

「だが団を小分けにして活動していたとしても、それだけの規模の海賊団が存在するのかが疑問だ。今回捕らえた奴等の戦力から考えても、お前の団の半分の戦力に匹敵していた。それが十数隻以上も動いているとなると、お前の団の五倍以上の規模の海賊団が存在するということになるのだからな」

こめかみに血管を浮き上がらせてルディを睨むカリーナに、心の中で謝罪する。

自分の団は強いと言いたいけど、言えない現実を淡々と突きつけられて腹立たしいのよね。ルディに悪気はないんだよ。彼は素直な意見を言っただけだから。

「それで？　他の調査はどこまで進んでいるんだ？」

場の空気を全く読まないルディが続きを促す。もしかして分かっていて放置しているのかな？　ルディならカリーナに睨まれたくらいじゃ気にしなそうだし……。

カリーナも睨んでも無駄だと判断したのか、怒りを抑え込むようにドカリとソファーの背もたれに寄りかかる。

「敵海賊はオラール伯爵が雇った奴等なんじゃないかって、疑っているくらいかね」

なんでもないように話しているが、内容は衝撃的だった。

「オラール伯爵が海賊を雇っているの!? それが本当なら、国賊もいいところだよ!」

「それは確かなのか?」

ルディもさすがにそれは信じがたいようで、半信半疑に尋ねる。

「一度商船を襲った奴等を追いかけて行ったことがあったんだけど、伯爵領の警備船が奴等を見逃したんだ」

今、何気なくサラッと凄いこと言った!?

「どうして警備船が海賊船を見逃すのよ!?」

「それはこっちが聞きたいよ」

驚く私にカリーナは、それが答えだと言いたそうに返してきた。

「相手の船が海賊船だと気付かなかったとは考えられないか?」

私とカリーナの視線がルディに集まる。

「お前の船は帆に堂々と絵を載せているが、今日捕らえた奴等の船の帆は無地。警備船が海賊船だと思っていない可能性はある」

「だけど警備の奴等も帆だけで判断しているわけじゃないだろ。乗組員はどう贔屓目に見ても、一般人には見えない装いなんだからさ。それに伯爵領の海域は他国との防衛線でもあるのに、あんな怪しげな船を簡単に通すなんてあり得ないよ。だからおかしいと思ってその後も陸から観察していたんだけど、奴等の船は一隻も警備船に捕らえられることがなかったってわけさ」

ルディと二人で顔を見合わせる。この話が本当なら、警備船を雇っているオラール伯爵もしくは警備船を動かせる誰かが海賊と結託していると疑われてもおかしくない。

だけど伯爵は商船も馬車も襲ったのはカリーナだと信じている。もしかして伯爵も誰かに入れ知恵されている？　だけどこれだけの大掛かりな悪行を、伯爵に知られずに行うことなどできるのだろうか？　それを考えると伯爵が計画したと考えるのが一番しっくりきてしまう。

例えば伯爵が元凶だと考えてみるとどうだろうか。ここ最近伯爵領が発展したという話から、自分の領地の港を発展させるために海賊を雇い商船を襲わせ他の領地の港町を壊滅に追い込む。けどその海賊達を捕らえるカリーナが現れて邪魔に感じ始めた。そこで自分が雇った海賊に夜会の夜道を利用して貴族達の馬車を襲わせ、カリーナの仕業に仕立てる。王宮とも深い繋がりがあるランドール侯爵なら、国のためにカリーナ討伐に動いてくれると考えた。……パズルのように綺麗に嵌まっちゃったよ。

だけど気になるのは他の参加者も襲う必要があったのかということだ。カリーナの仕業に仕立てるにしてもルディを動かしたいだけなら、私達が乗る馬車だけ襲えばいい話だ。わざわざ自分の領地の安全神話を崩壊させてまで、何台も襲わせる必要があったのだろうか？

う〜ん……！　こんがらがってきた!!

こめかみを揉んでいると、カリーナが口の端を上げて笑う。

「まあでも、偶然あんた達に出会えたのは幸運だったかもね」

手の平を私に向けてきた。

「あんた、旧姓はレリア・アメール・クラヴリーって言うんだろ？　新聞で読んだよ。処刑を覚悟で親の犯罪を暴いたって。新婚旅行でこっちに来るって噂になってたから一目見てみたいと思ってたけど、まさか下層の店で遭遇するとはね。あんたに会うまでは記事を疑っていたが、直接会ってみて確信したよ。あんたは民に寄り添えるお人好しな人間だって」

海賊に言われるといいカモだと言われているみたいに聞こえるのは、気のせいだろうか？

「だからもちろんあんたは、領民を助けるために協力してくれるだろ？　あんた達は私に貸しもあることだしね」

カリーナは当然私達が協力するものと思っているようだが、ルディの反応は思わしくない。

「ここまで事が大きいと調査の時間が必要になる。レアを王都に送り届けてからなら、協力してやる」

「この港の現状を目の当たりにして、よくそんな暢気なことを言っていられるね。今はなんとか持ちこたえているけど、ここが閉鎖されるのも時間の問題なんだよ？」

ズキリと胸が痛む。カリーナに協力したいという思いはある。でも……。先程の船倉での反省を思い出す。また私の身勝手な行動で、ルディを危険に巻き込んでしまうかもしれない。言うのは簡単だが、今の自分にはそれを実行できるだけの力がない。結局ルディ任せにして、ただ見ているだけになってしまう。

返答できない苦しさに、自然と瞼を強く閉じる。

「レア？」

ルディに声をかけられ、弾かれたように顔を上げる。

「あ、ごめん。そうだね。一度王都に帰ってからの方がいいだろうから、今すぐに協力は……できないかな……」

罪悪感からカリーナの目を見ることができず、視線が徐々に下を向く。心臓が嫌な音を刻む。

別にみんなを見捨てるわけじゃなく、ちゃんと王都に帰ってから協力するとルディも言っている。だからここは私が出しゃばるところではない。無力な私が出しゃばって最悪な事態に発展したら、それこそカリーナや商人達に申し訳が立たない。

自分自身を納得させたくて、自分の気持ちを軽くするための言い訳ばかりを探す。

今はルディの判断に従うのが正し——。

「レアの本心はどうなのですか？」

ルディに問われて顔を上げる。

「今すぐにでも動いてあげたいと考えているのではないですか？」

「それは……」

葛藤から自然と視線が下がっていく。港町の現状からも一刻を争うのは目に見えて明らかだ。それに王都に帰って準備をしている間も、商人達は苦しい生活を強いられることになる。

「俺がここに残ります。レアは護衛の騎士を連れて、王都に戻ってください」

ルディの提案に下がりかけていた視線を再び上げる。

「どうして？　どうして一人で残るなんて言うの？　ルディだって危険なのに!?」

「俺は大丈夫です。レアにさえ危険が及ばなければどうにでもなります」

「相手は銃を持っているかもしれないのよ!?　ルディにもしものことがあったら……」

言いかけて言葉を詰まらせる。そんなこと考えたくもない！

「だからこそ尚更レアには王都に戻って欲しいのです」

自分が無力な人間だということは人質になって嫌というほど分かった。残ったところでルディに負担をかけてしまうだけなのも分かってる。だけどルディのこの感じ。ここで素直に言うことを聞いたら、もう二度とルディに会えなくなるような、そんな感じがするのはなぜだろう？

「ルディのことが心配なのは、私だって同じなんだよ」

「その心配はどの類いの感情ですか？」

ルディの問いに目を瞬く。

どの類いって、大事な人を心配する気持ちから言っているものだけど……。どういうつもりで聞いているのだろうか？　頭に過ったのは夜会の時に声を荒らげたルディの姿。この答えは間違えてはいけないような気がする。

「……なんでもありません。忘れてください」

答えあぐねていると、ルディが私から視線を逸らす。

あの時と同じだ。話をさせてもらえず、二人を遮るような大きな壁を感じたあの夜会。

咄嗟にルディの頬を両手で挟み、顔を自分の方に向かせた。

「私は確かに戦う力もないし、ルディの足手まといにしかならない。だけどルディの悩みく。

頬から手を離し、相談もしてもらえない悲しみと怒りをぶつけるようにルディの胸を叩

「だから自分一人で消化しようとしないでよ……」

叫びながらポタポタと涙が零れ落ちる。

を受け止められるくらいの心は持ってるから！」


「レアは足手まといなどではありませんよ」

「え？」

顔を上げるとルディがハンカチで私の涙を拭った。

「レアがいなければ俺は今頃、あの女船長に銃で撃たれていたでしょうから」

意味が分からず首を傾げる。

「レアが女船長の指示に従ってくれたから、俺は戦うことを断念できたのです」

その言葉にようやく合点がいった。

ルディは私が人質になっていなければ、銃を恐れずに立ち向かっていたと言いたいんだ。

顔から血の気が引く。ルディの言葉に嫌な感じがしたのも、自分の命を捨てることに
躊躇いがないと示唆していたから。

私は涙を拭いてくれているルディの手を両手で掴み、持ち上げた。

「一緒にいよう！」

「え？」

鼻息荒く宣言する私に、ルディが目を見開く。

「私もここに残って、港町を助けることにする！」

「いえ……しかし……」

「ルディが私を守ってくれるんでしょ！」

私は今までずっとルディが単に強すぎるから、どんな事件も解決してこられたのだと思っていた。エドワール侯爵の反乱未遂事件も、クラヴリー公爵夫妻の王族殺害事件も、そして今回の人質事件も、全てルディの冷静な判断力と行動力のおかげで解決してきたと思い込んでいた。

けれどそれだけではなかった。

私を守りたいと思ってくれているルディの心が、最善を考えさせるきっかけになっていたんだ。だからルディは私が傍にいる以上、私を守り続けるために自分の命を蔑ろにすることはしないはず。むしろ私が王都に帰ってしまったら、無茶をする危険が高まるかもしれない。

『生涯かけて守り通す』と誓ってくれたことを、忘れたとは言わせないわよ！」

これはプロポーズの時に、ルディが私に言ってくれた言葉だ。

「ルディが傍にいられない状況で、私に何かあったらどうするの？」

ここよりも王都の方が安全なのは分かっている。けど私が傍にいることがルディを守ることに繋がるのなら、危険だとしても一緒にいたい。なにより、何かを抱えている様子のルディを一人にしておきたくはない。

黙っていたルディが、小さく息を吐く。

「レアは意地悪ですね」

そのまま私の腰に腕を回し抱きしめてきた。

「それは褒め言葉かな？」

悪役にとってのね。たぶんルディ自身、私が残ると言い出した理由を察していそうではある。それでも拒絶しないのは、やはり何か不安を抱えているからだろうか？

「どうやら話はまとまったようだね」

不貞腐れているようなルディの頭を撫でていると、空気と化していたカリーナがあきれた様子で声をかけてきた。

そうだった！　カリーナもいたんだった！　カリーナに声をかけられても全く気にする素振りも見せず、私の胸元に抱きついたままのルディに焦る。

「ルディ！　人前だから！」

引き離そうとしてもビクともしない。というかさらに力加えてない!?

恥ずかしさから心の中で憤怒していると、カリーナが申し訳なさそうに話を続ける。

「盛り上がっているところ悪いんだけどさ……」

カリーナはテーブルに置かれている銃に視線を向けた。

「その銃、弾、入ってないから」

それ、もっと早く言ってよ～！

レアが自分自身に嘘を吐いた。

父を捕らえた後王宮に迎えに行った時に見せた、思い詰めた表情のレアを思い出す。

自分は処刑されるべき人間なのだと俺の手を拒んだレア。

レアに本音を言ってもらえない自分がいかに無力かを、思い知らされた瞬間だった。

自分を頼ってくれないレアに苛立ちながらも、レアが頼りたくなる人間になれていない自分に対しての怒り。

あの日以来、俺はレアが俺を頼りやすくなるように、レアの望みは極力叶えてあげるように心掛けた。

もう二度とあの顔は見たくなかったからだ。

けれど今日、再び嘘を吐かれた。

あの時のレアの顔と被り、思わず奥歯を噛みしめる。

レアが俺に何とかして欲しいと頼んでくれれば、俺は最善を尽くすように努力しただろう。それなのにレアは自分の気持ちを押し隠し、俺に意見を合わせてきた。

それが酷く悲しかった。

いつまで経ってもレアは俺を頼ってくれない。もしかしたら一生……。

俺を心配するレアに、さらに不安が募る。レアが俺を心配すればするほど、頼りにならないと思われているように感じるからだ。昔はそれでも幸せだった。レアが俺のことを考えてくれているという気持ちに浸れたから。いつからだろうか。心配されることが頼られていないと感じるようになったのは。

俺を引き剝がし、女船長と今後について話すレアを横目で見ながら、聞こえないように小さく溜息を吐く。

レアに心配されたいという気持ちがないわけではない。だが『義弟』の時と全く変わらない心配ぶりが、俺の心に影を落としていく。

こんな俺では、いつまで経ってもレアは話してくれないだろう。

『来る終末の日』のことを……。

第四章　強制捜査

　カリーナ達は引き続き海域の警備に、私達はカリーナが手を出せないオラール伯爵の真意を探る方向で話し合いは終了した。

　その日の夜。時間が遅かったこともあり、商人達のご厚意で用意してもらった宿に泊まることになった。

「今日は色々あり過ぎて疲れたね」

　部屋のソファーで伸びをする。

　カリーナに協力するかどうかを話している時から様子のおかしかったルディが心配になり、顔色を窺う。黙っていようと思ったけど、今日のルディを見ていてやはり一度話し合った方がいいような気がした。カリーナと今後について話している時も、溜息を吐いていたようだったから。

　コホンッと小さく咳払いをし、ソファーの上で正座する。

「何か悩みがあるなら言って欲しいかな」

　意を決して話を切り出すと、ルディが戸惑うように視線を逸らせる。顔色を見て悩みが読めるようになれれば一番いいのだろうけど、人の心の内は口に出してくれなきゃ伝わらない。ただでさえルディは無表情なのだ。口まで閉ざされたら、読む術がない。

「完璧なルディに比べたら私は頼りないかもしれないけど、それでも何か悩んでいるということくらいはちゃんと見てるから」

正座をしたことで高くなった視線を合わせる。一瞬目が輝いたように見えたが、すぐに感情が消えた。

「それはどういう立場で見てくれているのですか?」

そういえば先程も、心配する私にどの類いの感情か聞いてきていたよね。考え込んでいるとルディが小さく首を振る。

「俺自身の問題なので、忘れてください」

再び心を閉ざそうとするルディにカチンとなり、怒りを爆発させる。

「私達は夫婦になったのよ! 悩みも苦しみも分かち合うって、教会で署名したでしょ!」

「俺達は本当に夫婦なのでしょうか?」

「え?」

「レアは『義弟』としてしか見られないから、俺を頼らず心配ばかりするのではないですか?」

ルディが寂しそうに視線を下に向ける。

ルディの不安はこれだったんだ。

私達は義理とはいえ、姉弟の関係から結婚した特殊な例だ。もしかしたら子どもの頃から変わらない私の言動が、姉弟に感じられたのかもしれない。

「……私が過度に心配することでルディを不安にさせていたことは謝るわ。だけど知っておいて欲しいのは、『義弟』だから心配していたわけじゃないの」

ある時の光景が浮かびあがり、目を強く閉じる。

「ルディが私を助けて意識が戻らなかった時、私がどんな思いでいたか分かる？」

ランドール侯爵 陞爵 祝いのパーティーの席で階段から突き落とされた私を助けたことで、意識をなくしたルディ。当時の状況を思い出すだけで、今も全身が震える。今まで感じたことのない絶望と恐怖。ルディウスという存在が自分の目の前から消えてしまうかもしれない虚無感。

当時の出来事を思い出し、目から大粒の涙が零れ落ちる。

「あの時のルディは間違いなく『義弟』ではなく、私にとって失いたくない、この世でたった一人のルディウス・フォン・ランドールだったのよ」

たくましい腕が私を包み込む。

「だからまたルディが私を置いてどこかに行ってしまうかもしれないのが、怖いの……」

全身が力無く垂れていたあの時とは違う。存在を証明するかのような力強い温もりに、震えが止まる。

「俺もまだまだですね。レアがあの時のことで苦しんでいることに気付けなかったのですから」

耳元に響く声に、先程までの迷いのようなものは消えていた。私を大事に想ってくれているような柔らかい声。

「今はあの時暢気に寝ていた自分を叩き起こしたい気分です」

あきれと怒りが混ざり合ったような声に変わり、クスリと笑う。

「それにルディは『義弟』を気にしているようだけど、弟と呼べるほど弟らしくもなかったよ」

わだかまりが解けた安堵から、ルディの胸に頬を擦り寄せる。

「私の中の弟像は、もっと何もできない甘えん坊な感じかな。それに比べてルディは何でもそつなくこなせていたから、弟感は全くなかったよ」

『義弟』を否定してあげるつもりで言った言葉だったのだが、突然抱きしめていた腕を緩められた。

なにか機嫌を損ねるようなこと言った？

「どうやら俺は甘え方を間違えていたようです」

そう言うや否や、ルディがシャツのボタンを外し始めた。

「急に何してるの!?」

見てはいけない気がして両手で目元を覆う。指の隙間からチラ見してしまっているのはご愛嬌ということで。

隙間から見ていると、一度外したボタンを再び留め始める。ルディの挙動が分からず目元から手を離した。

「掛け違えてしまいました。レア、直してくれませんか？」

私の目の前に胸元を差し出す。よく見るとボタンが見事に全て掛け違えられている。

ってもしかして、甘え方について迷走中ですか!?

「俺はもっとレアに甘えてもいいのだと気付きました」

だからって大の大人がボタン掛け違えるってどうなのよ。

「直してくれないのですか？」

手首を掴まれ、おねだりするような目で見つめられる。そんな目で見つめられても……。

直しちゃうんだから!!

興奮する心を落ち着かせるように深呼吸をして、ルディのシャツに手をかけてボタンを一つずつ外し……。途中でシャツの両側を持ち、カーテンを閉めるように前を閉じる。

そうだった。ボタンを外した先に見えるのは……。

鍛え抜かれた肉体美！

シャツで前を閉じたまま真っ赤な顔で俯く私を見たルディが、耳元で囁く。

「これからは毎日レアに着替えを手伝ってもらうのも、悪くないかもしれませんね」

頼まれたって……手伝っちゃうかもしれないいんだから!!

あれから二日が経った。私達は伯爵領には戻らず、今も寂れた港町に滞在している。

商船が襲われていた商人達の協力もあり、平原の先にある崖に設置されている灯台を密かに貸し切らせてもらっている。商人達が言うには、この灯台は細長く出っ張った崖の先端に設置してあるため人の目に付きにくく、近付く者も灯台守だけのため、私達の目的には優良物件なのだとか。灯台守もこの港がなくなったら仕事がなくなるという心配から、灯台の使用に喜んで賛同してくれた。おかげで灯台守の見回りの時間に合わせて馬車で連れて行ってもらえるから、周囲の目のカモフラージュにもなっている。

ところでなぜ、灯台が優良物件なのかって？　それは……。

『話します！　話しますから許して――――!!』

『誰かここから出してくれ――――!!』

『いっそ殺してくれ――――!!』

灯台の地下から響き渡る戦慄の悲鳴。

間違ってもホラーではない。ジャンルは異世界恋愛のはずだ。

響き渡る叫び声も二日目ともなれば、聞かないフリをするくらいの技術は身に付く。

「今日も激しくやってるね」

私がいる一階の待機部屋にカリーナが現れる。

この灯台は町からも遠く、多少？　叫び声が響いても外に届きにくいのだとか。確かに周囲は海と崖と平原のみ。灯台守がいなければ、忘れ去られてしまうような辺境でもある。

地下からの叫び声の正体。それは商船を襲おうとして、ルディとカリーナに捕らえられた海賊達のものである。なんでこんなに叫んでいるのかって？　そりゃあ尋問している人物の圧が尋常じゃないからでしょ。彼等も叫ぶことで恐怖心を緩和させているのだろう。

昨日はあまりの海賊達の叫び声に心配になり、どんな尋問なのか恐怖しながら様子を見に行ったのだが、ルディとただただ向かい合っているだけ。気絶している者もいた。どうりでルディが私に、護衛を付けるから宿にいた方がいいのではないかと勧めてきていたわけだ。だって聞こえてくる声は完全にホラーだし。

「やっぱり凄いね、あんたの旦那は。私も店で殺気を浴びた時は首を切られたかと思ったからね。奴等はずっとそんな気分を味わわされているんだろ？　可哀想に」

私に傷を付けないと約束した時の話をしているのだろう。

全く可哀想とも思っていなさそうなカリーナが、小テーブルに置かれたクッキーを手で摘まみ口に運ぶ。

「海の方の様子はどうなの？」

地下から聞こえてくる阿鼻叫喚を意識的に遮断しながら、カリーナに尋ねる。

「捕らえた奴等が解放されないからか、奴等の仲間達が少し警戒しているようだね」

あれから二日は経っている。通常なら罰金を払い、捕らえた海賊達は解放されている頃になる。それが今回は地下で……。

『なんでも答えますから――――!!』

……そのうち叫ぶ気力もなくなるのではないか？

「他の海賊達もこちらの動きを探るために情報収集に動き出すかもしれないから、カリーナも気を付けてね」

カリーナがもう一つクッキーを手に取る。

「こっちの心配は無用だよ。それよりも叫び声以外の情報から進展はあったのかい？」

再び叫び声が耳に付く。忘れかけていたのに……。

「昨日の段階で分かったのは、不規則な動きの理由かな」

私は作夜、ルディから聞かされた内容をカリーナに話した。

彼等はどこかの海賊団に所属している者達ではなく、裏で流れていた高額で稼げるという上手い仕事に食いついた、ごろつきの寄せ集めだそうだ。集まった者達を分断して班を作り、商船を襲っていたらしい。そして毎月どの班がいくら儲けたかを公表し、それによって報酬額が大幅に変えられる。つまり彼等の闘争心を見事に煽り、成果を挙げさせていたのだと思う。

さらにカリーナが言っていた規則性がない動き。あれはカリーナ対策に始めた、班替えが原因のようだ。班替えを行ったことで、かく乱しようという狙いもあったとか。服を統一していたのも、仲間かどうかを瞬時に判断させたかったのだろう。

「それ以外だと仲間同士の殺傷事件には重い罰があるとか、細かい取り決めはあったそうよ。とにかくこれで十数隻の海賊船を同時に海に放てたのと、規則性のない行動の理由は分かったわ」

「まさかそんな仕組みになっていたとはね。そうなるとますます伯爵が怪しいね。だってこんなこと金がある奴にしかできない所業だろ？」

海賊団ではない彼らに船を用意するお金はない。つまり船は予め用意された物ということになる。伯爵領の警備船が見逃していることも考えれば、オラール伯爵本人が計画したことで間違いはなさそうだ。

「それと奪った商品は全て、カリーナが気にしていた伯爵領の警備船が見逃した先で引き渡しされているらしいわ」

「海賊共を捕らえた時に船に荷物が積んであれば、商人達の厚意で箱の紋様や目録から手分けして持ち主に返してはくれているんだけどね。捕らえられなかった奴等が奪った商品は、警備船が見逃した先で誰かに引き渡して、そいつが伯爵領で売り捌いていそうだね」

……私も最初はそう考えていた。けどルディはその可能性は低いと言う。

商船で奪った品を伯爵領で全て売り捌くには限界があるようだ。なぜなら十数隻も使って頻繁に奪われる大量の品を、伯爵領だけで在庫として抱えるのには無理がある。

実はカリーナに協力すると決めた日に、被害に遭っている港町の商人達の奪われた商品の一覧表を見せて欲しいと頼んでいたのだ。カリーナの協力もありすぐに集まったから、昨日一日でざっとルディと目を通しておいたのだが、そこで違和感に気付いた。

在庫として抱えきれないほどの品があるのなら、伯爵領の全店舗を使ってでも売らなければ商品が増えていく一方になる。しかし初日や海鮮料理を食べに行った日の散策では、一覧表で確認した品の一部しか目にしなかった。

夜会で参加者達が着ていたドレスや装飾品にしてもそうだ。奪った物というよりは、王都から仕入れた物をそのまま利用したという感じだった。マルクスも言っていたように、伯爵領のほとんどのお店は港街に集中している。それにも拘わらず奪われた品をわずかしか見かけなかったということは、自分達で仕入れた品のみ販売しているからだろう。

そもそも奪った物を売れば伯爵領の収支が合わず、納税の段階で国に疑われてしまう恐れもある。あれだけの量だ。かなりの誤差が出てもおかしくはない。それにも拘わらず納税の部分で国に問題視されていないとなると……。

奪われた品々は何処へ消えたのか？

気付くといつの間にか静かになっており、待機部屋にルディが入ってきた。

「来ていたのか」

手を上げて挨拶するカリーナを一瞥した。

「随分と殺気を込めた尋問をしていたようだね」

「あいつらが他愛ないだけだ。本当の恐怖は王都に帰ってからだというのに。奴等は領主には引き渡さず、この俺が殿下の命で直々にもてなしてやるつもりだ」

まだやる気？　もう十分な気もするが……。

「レアを怖がらせた代償は、最後まで償わせる」

私のせい!?

「私は怖くなかったよ。だってルディがいてくれたから」

座っている私の隣に立つルディの手を握る。

「レアは本当に優しいですね」

決して優しさから言っているのではない。

「ではもう二度と悪さができないくらいにとどめておきましょう」

過激にならない程度にお願いします。というより、王位継承権を持つルディを襲った罰はいいのかな？　そちらの方が重罪な気がするのだが……。

「それよりも新しい情報はないのかい？」

私達のやり取りにあきれたカリーナが、クッキーを頬張りながら尋ねてきた。

「夜会で貴族達の馬車を襲ったのは、オラール伯爵の指示のようだ。女海賊の仕業に仕立てるから、参加者達の馬車を襲えと命じたらしい」

「どうせ海賊共も私が邪魔だから、追い払えるならって引き受けたんだろ」

カリーナが不機嫌そうに腕を組む。

「それともう一つ。奴等はいつも伯爵の使いの者とやり取りをしているらしく、奪った品も全てその者の船に載せているそうだ」

「それじゃあその人に頼めば伯爵以外でも海賊を動かせるということ？」

「不可能ではありません。ただ奴等が言うには、その人物は伯爵家の紋章を胸に刺繍した服を着ているらしく、伯爵家でも重要な位置に仕えている者のようです」

下働きの人間だと衣装は支給されても、客人の応対をすることがないから服に主の紋章まで刺繍されることはない。つまり胸ポケットに紋章が刺繍されているということは、伯爵家でも客人をもてなすような地位にある人物に当たる。ランドール侯爵家で言えば、執事や侍女長レベルの役職だ。

「そのような者を伯爵の命以外で動かすとなると、オラール伯爵以上に権力のある人間でなければ難しいでしょう」

この寂（さび）れた港町を見ていても分かるように、この辺りで一番権力があるのはオラール伯爵であることは明白だ。その伯爵を裏切ってまで、他の人間の指示で動くなど考えにくい。それに伯爵に知られたら即（そく）クビだろうし、まずメリットがない。

「でも伯爵家の紋章を付けた上役が、海賊（かいぞく）共とやり取りをしていたのは事実だろ。だったら伯爵が海賊共を動かしているのは確定じゃないか。あんたの権限で伯爵を捕（と）らえられないのかい？」

「海賊の証言などいくらでも覆（くつがえ）せる。もっと確実な証拠（しょうこ）がなければ捕らえたところですぐに釈放（しゃくほう）されるだけだ」

歯がゆいカリーナと、論理的にことを進めたいルディとの視線の間に火花が散る。

「ほらほら、二人とも糖分が足りないのよ！　これでも食べて落ち着こう！」

クッキーを一つずつ摘まみ上げ、二人に差し出す。ルディは私の手首を摑（つか）むと、クッキーを持つ私の指ごと口に加えてそのままペロリ。

ギャッフイ!!

くすぐったさと恥（は）ずかしさから瞬時に手を引く。

「確かに甘いですね」

ペロリと唇（くちびる）を舐（な）めるルディ。

甘いのはあなたの行動ですから！

「あんた達のやり取りだけで当分、糖分はいらないよ」

ギャグに変えてしまいたくなるほど、カリーナがあきれていることだけは理解した。

海賊共と護衛騎士を灯台に残し、俺とレアは一旦伯爵領に戻ることにした。
灯台に呼んだ護衛騎士は二人。交代で見張るように命じている。あまり大人数を呼ぶと、伯爵に俺達の動きを察知されてしまう危険があるからだ。それに伯爵領にある宿泊施設に俺達が帰っていないことを伯爵に知られれば、俺達の動向を調べられかねない。それにより女船長との繋がりを知られては元も子もない。
そのため伯爵領に残して来た使用人達には、俺達が伯爵領にいるように振る舞えと手紙にしたためておいた。そのうちの一人の使用人からの報告では、一度伯爵が訪ねてきたそうだが、女船長の行方を追っている最中だと話すと笑顔で帰っていったとか。その様子からも、俺達が真相にたどり着いたことにまだ気付いてはいないようだ。
去り際に女船長からは、何かあれば伯爵領の衣装店の女店員に伝えてくれれば、繋ぎが取れるようにしておくと言われている。これで奴との連絡手段については確保できたわけだが……。

「結局、伯爵邸を調べてみないことには証拠は見つからないかもね」

宿泊施設に戻り、隣に座るレアが俺に寄りかかりながら口を開く。

「それに関してはもう少しだけ待っていてください」

「何か策があるの!?」

無垢な目をさらに大きくさせて、体を起こしながらレアが俺を見上げる。早くレアの期待に応えたい。それなのにあいつはどこで道草を食っているんだ？　ここにはいない人物に苛立ちを募らせる。

「もうすぐですから、楽しみにしていてください」

これ以上遅くなるようなら減給ものだな。「ふぅん」と可愛く唸りながら、レアが再び俺に寄りかかる。そんなレアは連日の疲れが出たのか、眠そうに欠伸をした。欠伸まで可愛いのはきっとこの世にレア以外にいない。レアの振る舞い全てが愛おしくて、このまま閉じこ……いや、駄目だ。自由でいるからこそ、レアは輝けるんだ。煩悩を払うように深く溜息を吐く。

「眠いなら、寝てもいいですよ」

レアの背中に腕を回し、俺に寄りかかる頭を撫でるとレアが幸せそうに小さく笑う。

一生二人で閉じこもっていたい！

寝息を立てて眠るレア。

口付けくらいならしてもいいよな？　夫婦なのだし。

抑えきれなくなってきた欲望を少しでも緩和させたくて、レアの唇に目を落とす。艶のある綺麗な唇に喉の奥が鳴る。レアを起こさないように、そっと顔を近付け……。

「あ、わりぃ。お邪魔だった？」

二階の窓から流れてくる冷たい空気よりも空気の読めない人間の出現に、怒りが込み上げる。

「なんなら出直すけど？」

微動だにしない俺に怒りの度合いを感じた空気の読めない男が、足を一歩外に戻す。

「うぅん？　なんか騒がしい……」

そんな緊迫した状況を変えたのは、目を擦りながら起きたレアだった。

「うん？　ルディどうしたの？」

目の前に迫る俺の顔を見て、レアが首を傾げる。

「邪魔が入っただけです」

「邪魔？」

溜息を吐きながら離れると、レアが室内を見回す。役立たずは出そうとしていた足を室内に戻し、窓枠に座り直した。

「よっ！　夫人元気か？」

奴を見つけると、レアの顔が途端に輝く。

そんな男に目を輝かせないでください！

レアの態度に俺の心中は穏やかではない。

「テネーブル！　会いたかった！」

「わぉ。熱烈歓迎？」

殺す……今すぐこの男を殺す。殺気立つ俺とテネーブルに駆け寄るレア。殺気が最高潮に達したところで、レアが飛びつく。

「私の武器!!」

奴の持つ鞄に……。奴よりも武器が優先とはさすがレアです。脇目も振らず鞄の中を物色するレアの姿に、満足そうに頷く。

「俺、全然歓迎されてねぇな」

頭を掻きながら、役立たずが俺に巻紙を手渡す。

「俺の目が黒いうちは、レアに歓迎されると思うなよ」

「相変わらずの溺愛ぶりで……」

渡された巻紙を開き、中身を確認する。

「腹黒王太子があきれてたぞ。一体何をしたら新婚旅行先で命を狙われるんだって」

「それをこれから調べるんだ。人手は？」

俺の隣で開いている巻紙を覗き込んでいる役立たずに尋ねる。

「侯爵家で待機していた、俺が選び抜いた最高の騎士達を大勢引き連れて来てやったぞ。有効に活用してくれよ」

「お前共々存分に活用してやる」

「え？　働かなくてもいい前提で選りすぐったのに……？」

役立たずの冗談に付き合ってやりながら、書かれている内容に目を通し、口角をわずかに上げる。これさえあれば俺にできないことはなにもない。

「これさえあれば私は最強よ！」

それと同時に、嬉しそうにレアが武器を掲げる。レアはどんな姿も可愛い。

そんな俺達を苦笑しながら見つめる役立たずから一言。

「ほんと、あんたらは似た者夫婦だよ」

カリーナに協力することになって一週間が経とうとしていた。
テネーブルと合流した後の昨日は、伯爵邸調査のための段取りに一日を費やした。そのおかげもあって、私も調査の一員に加わる準備を整えられた。

本当は調査に付いて行く権限は私にないのだが、騎士のほとんどを調査に駆り出す上、私一人を見知らぬ土地に残して行くのを心配したルディが私も連れて行くと言い出したのだ。ランドール侯爵の無茶苦茶な決定に異を唱える者……などいるはずもなく、しかしただの侯爵夫人として調査に付いて行くのは私の気が引けたので、せめて調査に関わる立場が欲しいと提案させてもらった。その結果、とんとん拍子に話が進み……。

そう、今日の私はランドール侯爵夫人ではない。

顔が見えないように、髪を隠すために被っているクリーム色のマリンキャップを深く被り直す。そして決め顔でキャップのつばからわずかに見えている目を光らせた。

今日の私は諜報員テネーブルの助手！　レイよ！

ちなみに前世の名前、鈴彩からそれらしくなるように変更しただけである。

格好は助手らしく、パンツ姿にベストを着用した茶色系統で統一した少年のような出で立ち。ルディにお披露目した時に、「王都でも俺の助手として働きませんか？」とスカウトされたがやんわりお断りをいれておいた。

購入元はもちろん、ドレスでお世話になった頑張りやのお姉さん店員が切り盛りしているお店。カリーナに銃を突き付けられた日は店員がいなかったから心配していたのだが、どうやらカリーナに店を貸して欲しいと急遽頼まれて臨時休業にしていたそうだ。事情を知らない店員には、カリーナが店を借りた真相は伏せておいた。わざわざ二人を仲違いさせてしまうような話を、私がするべきではないと判断したからだ。

そんなこんなで武器を収納できるように特注した、黒色のお出かけ用小型ショルダーバッグを携えて、ルディことランドール侯爵率いるランドール侯爵家騎士団と共にやってきたのは、オラール伯爵邸！

「こんな朝早くに何事ですか⁉」

王都からテネーブルが連れて来たランドール侯爵家の騎士達が、伯爵邸を囲む。その様子に慌てて屋敷から転がり出て来たのは、顔中に脂汗をかいたオラール伯爵だ。今日も準備が間に合わなかったのか、フサフサ髪が微妙にズレている。

私の今日限りの最高責任者である騎士服を着たランドール侯爵が、一枚の紙を伯爵の目の前にかざす。それを目で追ううちに、伯爵の顔色が途端に変わっていった。

一体何が書かれているんだろ？

体を乗り出して覗いてみるとそこには、『オラール伯爵領にて起こった　ルディウス・フォン・ランドール侯爵傷害未遂事件についての捜査を　ランドール侯爵に命じる』と王太子殿下のサインと共に記載されていた。

「王太子殿下の命により、伯爵邸を調査する」

「侯爵を狙ったのは女海賊ですよ⁉　私の警備兵達はあなた方を助けようと駆け付けたではありませんか⁉」

「しかし捕らえた奴等は連行途中で逃げられた。それはそちらの落ち度だ。それに関して不備がなかったか、調査させてもらう」

本当の目的は商船を襲った海賊の件を調べることだ。だけど伯爵が関与した確かな証拠がない以上は、別の件を持ち出して調べるしかない。そこで考えたのが、賊を逃がした事件を利用するというものだ。調べている最中に海賊達との密謀の証拠が見つかれば、国賊の罪でその場で捕縛できる。それに馬車を襲ったのが伯爵の指示だと捕らえた海賊達が示唆している以上、馬車の件についても調べる必要がある。

「こんな強引な調査に協力はできません！」

「協力しないなら、捕らえるまでだ。王太子殿下の命に背けば国賊とみなされ、爵位剥奪も免れないぞ」

怒鳴る伯爵に対し、表情一つ変えずに毅然と言い切る侯爵閣下。

ぐはっ!!　か……カッコいい!!

心臓を撃ち抜かれて胸を押さえている私を、上司のテネーブルがあきれたように見つめる。

「ほんとにこの人達は……」

次にテネーブルが視線を移した先は……いつもより増し増しで凛々しさを維持する主の姿だった。

ランドール侯爵の合図と共に調査が開始された。騎士達が慌ただしく動く中、閣下が私達の下にやってきて指示を出す。

「レァ……イは俺の傍にいてください。お前は伯爵を見張れ」

私の手を優しく握る。若干『モアイ』感が漂う呼び方になったのは、きっと気のせいだ。

「承知しました。侯爵閣下」

指示に従おうと返事をすると、物凄く怪訝な顔をされた。

あれ？　なんか間違えた？

私達の様子を見ていたテネーブルが突然「ぶふっ！」と噴き出す。しかし閣下に睨まれてすぐに動き出した。

「へいへい。俺は伯爵と仲良くお手々を繋いでおきますよ」

そのまま伯爵の手首を掴むと、歩くのを拒否する伯爵を引きずるテネーブル。閣下もだけど、テネーブルも容赦ないな……。

一階は部屋数が少ないこともあり、数人の騎士達に調査を任せることにし、私達は二階の調査に取りかかった。

階段を上がると、廊下が左右に分かれていた。閣下はチラリと伯爵の顔色を窺い、二階の調査を担当する予定の騎士達に左側の廊下にある部屋を調べるように指示を出す。命令を下すと、伯爵を引っ張るテネーブルと私を連れてそのまま右の廊下を突き進んだ。

調査というからてっきり片っ端から部屋を開けていくと思っていたのだが、二人共ただ廊下を突き進むだけ。何か探しているのかな？

疑問に感じ始めたところで、それまで黙っていた伯爵が突然口を開く。

「ランドール侯爵。もし何も見つからなかったら、その時は抗議させて頂きますよ」

閣下が立ち止まり、後ろを歩く伯爵を見据える。

「脅しか？　何も見つからなければお前は無罪放免になるだけだ。抗議したところで殿下の意向がある以上、無駄に終わる」

「このようなやり方が殿下の意向？　捜査を命じると書いてあっただけで、殿下はここまでしろとは仰っていないかもしれませんよ？」

確かに私達は海賊の件で伯爵を疑ってはいるけど、もし何も見つけられなかったら殿下にも迷惑がかかってしまうかもしれない。不安に駆られるも、閣下もテネーブルも無反応。むしろテネーブルなど欠伸までしている。

緊迫した空気の中、閣下が「ここか」と呟きながら、近くの部屋の扉のノブに手をかけた。伯爵が慌てた様子で揺さぶりをかけるように話を続ける。

「あなたはまだ若い。若いからこその過ちもあるでしょう。名誉に傷を付けたくなければ、ここで調査を打ち切るのが賢明ですよ。今なら殿下には黙っておいて差し上げますから」

「若いことと実績は関係ない」

「へっ？」

「俺は殿下の命で、不正を働く王都の貴族を山のように捕らえてきた。だからお前のような奴は散々見てきている。余程この部屋に、入られたくない何かがあるのだろ」

　伯爵の脅しにも屈せず、目の前の何の変哲もない片開き扉のノブを回す。急な調査だったからウィッグ同様、鍵もかける時間がなかったのだろう。扉は伯爵の「くっ……！」という悔しそうな声と共に、無情にも簡単に開かれた。

　ここは書斎なのだろうか。壁際には本棚があり、本棚の前には接客用のソファーとテーブル。そして窓の前には窓を背にして座れるように設置された、執務用と思われる大きな机が置かれていた。

　見回しただけでもかなり広い部屋だ。こういう広い部屋には通常、両開きの扉が取り付けられることが多いのだが、それにも拘わらず片開きの質素な扉が取り付けられているということは、悪い物を隠したいという心理が働いた結果なのだろうか？

「当たりのようだな」

「みんなヤバくなると、すぐに揺さぶりかけてくるんだよな～。小悪党のお約束、みたいな？　それにあんたこの部屋をちらちらと気にしすぎ」

「くっ！」

　二人に馬鹿にされて伯爵は悔しそうに歯を食いしばる。大丈夫だよ。私はしっかり揺さぶられたから。何となく可哀想な伯爵を心の中で励ました。

室内に入り真っ先に閣下と向かったのは、目の前を占領している執務机である。だってここが一番怪しいから。

閣下と二人で執務机の引き出し側に立つ。テネーブルは重い足取りの伯爵を引きずりながら、執務机の前で待機している。

私は左側の引き出しを、閣下は右側の引き出しを調べ始める。執務机の引き出しを一つずつ開けて確認するも、これといって重要な書類などは見つからなかった。

そんな中、右側の一番下の引き出しだけ鍵がかけられており、開くことができない。素人の私でも察する怪しさ。むしろここに悪い物を隠していますよ、と言っているようなものではないだろうか。

「ここの鍵は？」

閣下が視線だけ伯爵に向ける。

「……随分前に無くしたかと……」

目を逸らす伯爵にあきれる。……せめてもう少し誤魔化そうよ。

閣下は再び引き出しに視線を落とし、静かに呟く。

「壊すか」

その発言にギョッとなり体が跳ね上がる。

「いやいやいや。待て待て待て」

テネーブルが閣下の破壊行動を止めた。

「侯爵様。ちょっとこのおっさん見張ってて」

閣下と入れ替わりながら、テネーブルが引き出しの前に立つ。そして取り出したのは二本の針金。それを引き出しに付いている小さな鍵穴に二つとも差し込み、鍵穴を覗き込みながら上下左右に動かす。

その様子を傍で見ながら遠い目をした。この部屋の鍵を閉める時間がなかったのだろう、などと安易な工作は最初から無意味だったというわけね。どんな扉も、破壊者もしくは歩く鍵の前では無に等しいということだ。

そうこうしている内にカチャリと音がして、鍵が開く。

「ほいっ。開いたぞ」

手際がいいですね。

得意気な顔のテネーブルが閣下と交代したところで、引き出しを閣下が開ける。そこに入っていたのは、束ねられた数枚の書類。細かい数字が記載されているところを見ると、どうやら帳簿のようだ。

もしかしてこの帳簿の内容におかしなところがあるとか？

閣下と一枚一枚捲りながら確認するも、これといって特におかしな部分は見受けられない。閣下がチラリと伯爵の顔色を窺う。

「だから忠告してやったんだ！　年配者の言うことは聞いておくものだぞ、この若造が！　分かったらさっさと調査を止めさせろ！」

勝ちを確信した伯爵が声を荒らげて怒鳴り散らす。安心したのか、敬語も忘れて態度も強気だ。しかし閣下はその声を無視して本棚に向かう。

閣下の推測ではないけど、この部屋の前に来てから言葉数が増えたり、慌てたような仕草を見せたり、明らかに伯爵の態度が一変した。

ここに何かあるのは確実だと思うのだけど……。もし人に見られたくない物を隠すとしたら、私ならどこに隠す？

隠せそうな場所を思案しながら、何気なく視線を開け放したままの引き出しに向ける。

あれ？　これって……？

右斜め上から見ると、真上からでは気付けない違和感を覚える。床にしゃがみ込み、引き出しの底を上と下から押さえてみる。

「レイ？」

私の挙動を心配した閣下が駆け寄る。

「この隙間に何かあるかもしれません！」

そう。私が気になったのは底の厚さ。他の引き出しに比べて、鍵付きの引き出しだけ底ば隠せる。

が若干厚いように見えたのだ。実際に触れてみて確信した。この隙間なら、薄い物であれ

「離れていてください」

閣下は剣を取り出すと、剣先で引き出しの底の縁を剝がしていく。

「止めろ――――!!」

最後の抵抗とばかりに伯爵が我を忘れて、閣下の行動を制止しようと暴れ出すも、テネーブルによって押さえつけられる。

底板を剝がすと予想通り引き出しは二重底になっており、隙間には先程の帳簿のような書類が挟まっていた。書類を取り出し捲ると、そこには驚愕の数字が書き込まれていた。

先程の帳簿には記載されていなかった多額の借入金の額。二冊の帳簿と見比べる。すると最初に見つけた帳簿の中に、借入金を誤魔化すような内容が記載されていた。

「二年前だけ『紹介料』や『寄付金』という、収入が増えるような不自然な項目が多く書かれています!」

私が指で示した先を閣下が覗き込む。

「これだけの額を借り入れるとなると相当な対価を求められているはずです。その対価が何かを知られたくなくて、それらしい言葉で誤魔化したのでしょう。『寄付金』と書いてあれば街の整備に使われていたとしてもおかしくはありませんし、使用人の紹介などは貴

族間ではよくあることですから」

閣下が私に説明してくれた。

「でも借りた所に返した分の金額も把握しておかなければいけない。だから二重帳簿を作ったということですね」

帳簿を照らし合わせると、多額の借入金を手にしたのは二年前。つまりここ二年の間で徐々に港町を栄えさせていったのかもしれない。海賊が増え始めたのが一年程前とカリーナが言っていたから……。

さらに帳簿と不正帳簿を照らし合わせていく。

「ここを見てください！」

私が指した不正帳簿の先には、警備兵と警備船の導入という項目が書かれているのだが、その数が異様に多い。ここ数日伯爵領を見て回っていたけど、こんなに多くの警備兵には出くわしたことがない。しかも帳簿の方では警備兵や警備船ではなく、『紹介料』で、手放した使用人を補填するという帳尻合わせのための使用人の雇用、そして『寄付金』を使用したように見せかけた建物の修繕という項目で書き換えられている。ということはこれが全て海賊と海賊船に化けている可能性がある。

伯爵を窺うと勝ち誇っていた自信は何処へやら、真っ青な顔で震えている。

「どうやらこの多額の借入金を公表できない理由とその使い道について、詳しく話を聞く必要がありそうだな。オラール伯爵」

閣下が凄むと伯爵は「ひっ！」と小さく悲鳴を上げ、テネーブルの後ろに隠れて縮こまる。閣下に怯えていますけど、あなたが盾にした人は元暗殺者ですよ。どちらに転んでも助けてもらえない展開に苦笑いするしかない。

伯爵のおかれた状況にあきれていた次の瞬間。閣下が窓際に立っていた私を抱き込みながら横に飛んだ。一瞬の出来事に瞬きも忘れて目を見開いていると、ガシャン！という大きな割れる音と共に見知らぬ真っ黒い格好の人物が窓枠に飛び乗ってきた。その人物は正面を見据えたままナイフをテネーブルがいる方向に投げつける。床に倒れた私の上に閣下が覆いかぶさり、見えなくなった私の耳に金属を弾く音だけが響く。弾き返したのはおそらくテネーブルだろう。そのすぐ後に、窓の方からうめき声と共に地面に落下する音が聞こえてきた。

静かになった室内の安全を確認しながら、閣下が体を起こす。

「おっさんの喉元を的確に狙ってくるとか、かなりの手練れだな。仕留め損ねたけど、追うか？」

私に手を差し伸べる閣下に、テネーブルが尋ねる。

「いや、いい。相手の狙いは伯爵の命だ。伯爵に恨みを持つ者か、生きていられては困る者だろう」

私を立ち上がらせると、閣下が鋭い視線を伯爵に投げかける。伯爵も自分の命が狙われたと察したのか、頭を抱えながら丸まり、全身を震わせている。

「心当たりは？」

閣下が伯爵に問うと、テネーブルの後ろから伯爵が少しだけ顔を出す。

「きっと女海賊が私の命を狙いに来たのだ！」

この期に及んでまだカリーナを犯人にしたいの？　閣下もあきれて溜息を吐く。

「この状況で襲いに来たのだぞ？　どう考えてもお前の口封じだろ」

「口封じって！　他にも仲間がいるってこと!?　……ですか？　閣下」

驚きのあまり今の立場を忘れて素に戻る。しかし我に返り言い直す。するとたちまち閣下の眉間に皺が寄った。と同時にテネーブルが「ぶふっ！」と噴き出す。

なんか数時間前にも同じような光景を目にしたような気がするのだけど……。

閣下が哀愁漂うような溜息を吐きながら、裏帳簿を持ち上げる。

「これを公にされたくない誰かがいるのは確かです」

言われてみればその通りだ。今はランドール侯爵家の騎士達が伯爵邸を調査している最中でもある。そんな警備の中を掻い潜り、わざわざ暗殺者を仕向けた。そこまでして伯爵の命を狙いたかった理由は、裏帳簿が公になるのを恐れたと考えるのが妥当だ。

そもそもカリーナが今の暗殺者を仕向けた犯人なら、私達に協力など求めずにもっと早い段階で伯爵を狙っていたはず。そして伯爵の方も夜に私達の宿泊先を訪ねて来たり、大規模な夜会を開いたりと暗殺に怯えている様子など微塵も見せていなかった。つまり体を震わすくらい怯えている今の伯爵の状況を考えると、今日初めて暗殺者に狙われたということになる。閣下の指摘に黙り込んでいる姿からも、口封じをされる心当たりがないわけでもなさそうだ。

「どうすんだよ。きっとまたこのおっさんを狙いに来るぞ」

テネーブルの指摘に考え込むと、ふと妙案が閃いた。

「お任せください！　私に良い案があります！」

胸を力強く叩く私に、閣下は敬愛の眼差しを、テネーブルは不安の眼差しをそれぞれ向けたのだった。

オラール伯爵邸の正門にフードを深く被った長身の男と、その隣に立つ同じくフードを深く被った背の低い小太りの男が、用意された馬車に乗り込む。二人が乗り込んだのを確認して、ランドール侯爵家の護衛騎士に守られながら馬車が走り出す。

その様子をこっそりと伯爵邸内の窓から覗く。

「そろそろ動きがありそうですね」

「閣下、私達も移動しましょう！」

意気揚々と声をかけると、悲しそうにこちらを見つめられる。

「いつまで閣下呼びを続けるつもりなんですか？　そろそろ止めませんか？」

「しかし今日は私の仕える主という設定ですし……」

私の言葉に、閣下が深く長い溜息を吐く。

「レアが他人行儀に接してくる度に、俺の胸が苦しくなると気付いていますか？」

「あれ？　もしかして寂しかった？」

首を傾げると、プイッとそっぽを向かれた。

「いけませんか？」

ちょっと不貞腐れたような物言い。心なしか耳も赤くなっているような……これは⁉

拗ねてる！　かわいい！

「ごめん、ごめん。でも新鮮だったでしょ？」

拗ねるルディをなだめるように、腰に抱きつく。

「レアが役立たずの助手じゃなくて俺の助手だったら、もう少し楽しめたかもしれません」

私を抱きしめ返すルディに笑顔を向けたまま、心の中で疑問を抱く。

ほとんど一緒に行動していたのに、一体何が違うんだ？

そんな私達の下にランドール侯爵家の騎士が近付く。

「動きがありました」

ランドール侯爵家の騎士達が伯爵邸の周囲を取り囲んでいたにも拘わらず、暗殺者があまりにも易々と侵入できたことに不審を抱いたルディが、私の作戦を聞いた後、伯爵家の使用人達へ目を光らせるよう騎士に命じていたのだ。どうやら正門の馬車が動き出したのを見て、その人物も動き出したということのようだ。

「ご命令通り、厩番の男が動きを見せた後に捕縛致しました」

「そいつはなんて言っていた？」

「全身黒ずくめの男に、以前から伯爵を見張るように多額の金で雇われていたそうです。調査が行われていることも話したらしく、暗殺者を秘密裏に招き入れたのも奴のようです。また先程、正門から伯爵を乗せた馬車が出発したことも報告したと話しています」

「他にも仲間がいる可能性がある。屋敷の使用人達から目を離すな。怪しい動きをする者は捕らえても構わない」

「畏まりました」

騎士は敬礼すると持ち場に戻って行った。

「俺達も行きましょう」

ルディに手を引かれて私達も動き出す。

窓から離れて向かったのは伯爵邸の裏口。ルディが警戒するように周辺を見回す。

「怪しい気配はないようです。正門の馬車の行方を探りに行ったのでしょう。今なら見つからずに移動できそうです」

近くに停まっていた幌付きの古ぼけた荷馬車に移動する。これは伯爵家で食材を調達するのに使う馬車らしい。そのため伯爵家の馬車とは思えないような作りをしており、漁港にも寄ることがあるので怪しまれずに街中も移動できると判断したのだ。

「こんな汚い馬車にレアを乗せたくないのですが……」

馬車を眺めながらルディが溜息を吐く。

「言い出したのは私だから、ルディが気にする必要はないわよ」

それにエドワール侯爵事件の武器取引が行われる小屋に向かった時も、こんな感じの馬車だったし。馬車に乗り込むとやはり気になるのか、椅子にハンカチまで敷いてくれた。

そんな私達のやりとりに困惑したのは、大量の藁を詰めた大きな籠を抱えたランドール侯爵家の騎士である。

「それはそこら辺に置いておけ」

邪魔をするなと言わんばかりに、ルディが騎士に指示を出す。そんなルディに萎縮しながら籠を置いた騎士は、逃げるようにその場を離れた。

「ルディ。もう少し部下には優しく接した方がいいと思うのだけど……」

「あれはわざと冷たくして、精神を鍛えてやっているのですよ。俺の威圧に耐えられれば、権力のある人物にも毅然とした態度で立ち向かえる強さが身に付きますからね」

言われてみれば長年ルディへの恐怖に耐えてきた私も、貴族に臆したことはないかもしれない。でもルディがそこまで騎士達のことを考えているとは思ってなかった。

意外な返答に目を瞬いていると、くぐもった声が響く。

『私がいることを忘れるな！』

籠が喋り出す。取り繕うの止めたんだ。偉そうな態度の籠に苦笑する。

「死にたくなければ口を閉ざせ」

ルディが籠に向けて殺気を放つと、籠は再び口を閉ざした。

確かにルディの殺気を浴びせられれば、鍛えられるどころか先に精神が崩壊してしまいそうだ。それを考えれば、騎士への対応は十分優しいのかもしれない。

荷馬車が走り出し、向かった先はこの街ではすっかり常連になってしまった衣装店である。

「いらっしゃいま……せ……？」

ルディと私、その後ろから伯爵家の下働きに扮した騎士が籠を担いで入店すると、店員の動きが止まり首を傾げる。どうやら私が私に見えないことで混乱をきたしているようだ。

帽子を取りながら、束ねていた髪を振り下ろす。その姿に店員が目を丸くした。

「侯爵夫人!?　その服、夫人が着るつもりで買われたのですか!?」

服を買いはしたが、貴族夫人が少年に変装するとは夢にも思わなかったのだろう。

「似合う？」

「は……はい！　……とても……？」

少年の服が似合うと言っていいのかどうか迷っているようだ。しかし今はこんなほのぼのとした会話をしている場合ではない。

「それよりもあなたがカリーナとの繋ぎ役だと聞いているのだけど、カリーナに連絡って取れる？」

本題に入ると心当たりがある店員が、大きく頷く。実は今回の調査のことはカリーナに報告していなかったのだ。だって協力関係とはいえ、表向きは海賊のカリーナに国に関わる調査内容を漏らすわけにはいかないからね。

「昨日お二人が服を買って帰られた後に、カリーナさんがいらっしゃって伝言を預かってます。『連絡用の船を待機させておくから、何かあれば通路から来な』だそうです」

伝言部分で店員はカリーナを真似るように顔を凛々しくさせ、声を低くさせた。とても分かりやすい伝言をありがとう。

「通路ということは、あそこのことよね？」

伝言を聞いた後、頭に浮かんだのは店の裏口にある秘密の地下道だ。ルディを見上げると、同様のことを考えていたのか、私を見ながら小さく頷き店員に視線を戻す。

「店の裏口に行かせてもらえないだろうか？」

ルディが尋ねると、店員はどうぞどうぞと二つ返事で裏口の扉を開けてくれた。

裏口から地下道に移動すると、ルディが騎士に籠を下ろすように指示する。

「もしかしたら暗殺者を仕掛けてきた奴等が、あの店員を狙ってくるかもしれない。お前は店に残って店員を守れ」

「畏まりました」

下働きに扮している騎士が、主の指示を受けて地上へと戻って行った。

「さて……」

ルディが籠に視線を向けると、籠が左右に揺れる。

「ここからはお前にも歩いてもらう」

藁がビクリと浮き上がる。しばらく動きを止めた後、限界まで藁が浮き上がり床に零れ落ちる。その中央から出てきたのは、ウィッグにたくさんの藁が突き刺さっているオラール伯爵だ。

「私をどうする気だ」

籠の中で立つ藁まみれの伯爵が、訝しそうにルディを見上げた。逃げ出さないよう両手と腰は紐で縛られている状態である。

「ゆっくり話ができる場所に案内するだけだ。お前は黙って付いていてくればいい」

伯爵は観念したように籠の外に出た。その様子を見ながら、こっそりルディに耳打ちする。

「この道を覚えられると不味いんじゃないの？」

「しかし目元を隠すものが……」

「ルディの持ってるハンカチは？」

ハンカチなら薄いから、覆っても完全に視界を遮らずに安全に歩けるかも。

「命よりも大事なハンカチをあんな奴には使えません」

ハンカチが命よりも大事って、命の方を大事にしてください！

「そんなことを言う人には、もう刺繍してあげませんよ！」

思わぬ攻撃を受けて、ルディが声を詰まらせた。そしてその矛先を伯爵に向ける。

「お前はこれでも被ってろ」

そう言うとルディは、伯爵の隣にある籠を逆さにして頭から被せた。ハンカチより隙間だらけだから、ある意味こっちの方が安全かもしれない。見栄えさえ気にしなければの話だけど……。

「これで解決しました。先を急ぎましょう」

ルディは伯爵邸から持って来ていた帳簿を丸めて自分の胸元の内ポケットに押し込むと、片方の手には紐、もう片方の手で私の手を握り満足したように歩き出す。

入り組んだ道を迷うことなく突き進むルディに引かれながら付いて行くと、隠れ港に到着した。カリーナに付いて行った一回で道を覚えた、ルディの脅威の記憶力が凄い。

そこには以前敵海賊が現れた時に、カリーナに報告に来たのと同種の偵察船が一艘だけ泊まっていた。

偵察船に近付くと、甲板にいた三人の乗組員の視線が一斉に籠に集中する。そりゃあ人が入れる大きさの籠を被った人間を見たら、誰でも一度は注視しちゃうよね。

「お前達の船長のところに連れて行ってくれないか」

ルディのお願いに乗組員達は顔を見合わせる。

「船長からの命令なので連れては行きますが……そいつは誰です？」

至極当然の意見だ。

「お前達の船長への手土産だ」

果たしてカリーナが、この手土産を喜ぶかどうかは疑問である。

再び乗組員達は顔を見合わせると、小さく頷き合った。

「分かりました。ご案内します」

一緒に海賊を捕まえた仲だからか、乗組員達のルディに対する態度に敬意が込められている気がする。大活躍でもしたのかな？

こうして偵察船に乗せてもらった私達は、カリーナの船に到着した。

甲板に下りると籠を外した人物に、船上の空気が張りつめる。敵対しているオラール伯爵を連れて来たのだ。みんなが警戒するのも無理はない。

「えらい客を連れて来たもんだね」

船内にいたカリーナが姿を見せ、伯爵を見据える。カリーナから放たれる圧から逃れるように、伯爵は瞬時に籠の中に隠れた。

「海賊共が偉そうに！　私だって来たくて来たわけではない！」

あなた虚勢を張っていますけど、こんな隙間だらけの籠に隠れても意味ないですよ。案の定、カリーナの「あ？」というたった一言に伯爵がすくみ上がる。弱！

「お前等もこいつの話を聞きたいだろ。話を聞いた後なら、魚の餌にするなり好きにすればいい」

容赦なく籠に隠れている伯爵を前に投げ飛ばすルディ。

魚の餌はさすがにダメでしょ！　正当に裁かないと！

ルディを止めようとする私より先にカリーナが一笑する。

「こんな奴が餌とか、魚の方が可哀想だよ」

魚の餌にされなくて良かったねと喜んであげるべきか、魚の餌にもしてもらえないと悲しんであげるべきか。悪党の末路が憐れでならない。

こうして伯爵の悪事を明白にするため、カリーナにお願いして甲板近くの船室を借り、伯爵を尋問することにした。

部屋は甲板と船長室の間にあり、普段は作戦会議などをする時に使用している部屋だそうだ。対面に設置された木の格子が付いた窓からは日が差し込み、室内を照らしている。

立会人として私とカリーナも同行することになった。

机を挟んで、逃げられないよう甲板側の扉の前にルディ、伯爵はその向かいに座る。私はそんな二人を横から眺める感じで座り、その斜め後ろにはカリーナが立ったまま、窓の隣の壁に寄りかかる。

ルディが丸まった裏帳簿を取り出し、テーブルに置く。

「この金について、詳しく話してもらおうか」

「若造のお前に話すことなどなにもない」

伯爵は屈辱的な表情を浮かべたまま、ルディから顔を背ける。

開き直ってから伯爵は、ルディに敬語を使わなくなっている。地方の貴族達は年齢で相手を見ているとルディは言っていた。調査前までは伯爵もルディをランドール侯爵として丁寧に接してくれていた。けどこの様子から自分の子どもくらいの年のルディを内心では見下していたのかもしれない。

「黙っていたければ好きにすればいい。ここにある怪し過ぎる帳簿の調査を名目に、お前を捕らえることなど造作もないからな」

伯爵の強く噛みしめた唇からうめき声が漏れる。悔しさと葛藤の感情が入り乱れているようだ。

こんな状況になっても、言えないほどの重大な何かを隠したいということなの？

眉を寄せる私とは対照的に、ルディは辛そうな伯爵の姿を見ても、興味なさそうに冷ややかにその姿を眺めている。

近寄ったら躊躇わずに瞬殺されそうな、重々しいルディの空気に息を呑む。

幼少の頃からルディを見て来たけど、ここまで冷たくて無関心な感じは初めて見たかもしれない。ルディを観察していると、突然投げやりな態度で伯爵が口を開く。

「王都でぬくぬくと育てられたお前には分かるまい。地方の貴族がどれだけ苦労して領地を運営しているかなど」

話す気になったのかと思ったが、どうやらそういう様子ではなさそうだ。

「元々伯爵領は、国の最西端ということもあり流通が盛んな王都からも遠く、漁業を生業として生計を立てるしかない寂れた領地だったのだ。負債も増えていく一方で、破綻寸前の状況にいつも頭を悩まされていた」

当時を思い出すかのように、伯爵が深い溜息を吐く。

「そんな矢先に伯爵領の港町を流通の拠点にしたいから、融資をさせて欲しいとの申し出が舞い込んできたのだ。お金が欲しかった私はもちろん二つ返事で承諾した。その後はもらった資金を使い、人が集まるように街の整備に力を入れ始めたのだ」

「融資を申し出たのはマルクスか？」

ルディの指摘に伯爵が小さく頷く。マルクスが融資者なら伯爵領で多くの店を経営しているのも納得できる。店が繁盛していることからも、融資者としては先見の明があったのかもしれない。そこから考えてもマルクスの資産が莫大なのが窺える。けど、寂れた領地を立て直せるほどの資金を、上位貴族ならまだしも一商人のマルクスが持っていることには驚きだ。

「私はただ、伯爵領を復興させたかっただけだ」

つまり自分は何も悪いことはしていないと主張したかったのね。

「それで融資の資金を返すために安い金で雇えるごろつき達に海賊を装わせ、他の領地の商船を襲わせた。そして奪った品を売った金で、返金していたというところか」

「……誰からそれを聞いたんだ？」

「俺が捕らえた海賊達が、お前に雇われたと懇切丁寧に教えてくれた。そしてこの帳簿を見れば大方推測できる」

伯爵は俯き黙り込み、拳を握り締める。

「奪った品をどこに売り渡したんだ？　伯爵領で売っていたわけではないのだろ？」

ルディが問い詰めるも、今度は口を固く閉ざした。

「お前は今、自分が置かれている状況が分かっているのか？　どんな大きな罪を犯しているのかは知らないが、ここでお前を解放したとしても口封じで誰かに殺されることになるんだぞ」

黙り込む伯爵にルディがさらに脅しをかける。

「その誰かはきっとお前を捕らえたあと、俺達に何を話したのか散々拷問した挙げ句、悲惨な殺し方をするだろうな」

怖！　想像して思わず身震いがした。

無表情・無感情に淡々と話す姿は、その状況をまざまざと連想させるには十分だった。

伯爵も想像したのか、真っ青になりながら顔を上げる。実際に命を狙われたから、私よりもリアルに想像しちゃったのかな。

「話したら私を守ってくれるか!?」

伯爵は床に座り込むと、ルディににじり寄りすがりついた。先程の暗殺が余程怖かったのか、はたまたルディの冷酷な態度が恐怖心を倍増させたのかは不明だ。

「お前が素直に話すなら、守る意味は出てくるだろうな」

離れろと言わんばかりに、すがりつく伯爵を引き剝がす。どちらにせよ大事な証人だから守るしかないけど、それを言うと伯爵が調子に乗るからルディも制限のある言い方にしたんだろうな。冷静な状態なら口を割らなくても守られると判断できそうだけど、今の伯爵には効果的なようだ。

伯爵はトボトボと椅子に戻りながら、肩を落とす。

「そうだ……奴等に商船を襲わせたのは、私の指示だ……」

観念したように伯爵が口を開く。伯爵の口が緩んだのを機に、ルディが質問を投げかける。

「他の領主達は自分の治める港町に届く品が奪われているにも拘わらず、海賊討伐に動いていないようだが、それもお前が裏で手を回したのか？」

「奴等は馬鹿だからな。借金を抱えている領主が多いこの辺りでは、手っ取り早く金が手に入る方法があるなら、それを選択すると分かっていた。案の定、罰金刑の話を持ち出したら、奴等は目の色を変えて喜んでいたよ」

力無く話しているのに、どうだろうこの物の言いよう。

「それで海賊退治に乗り出した女船長が邪魔で、若造だと舐めていた俺に嘘を吐いて、女船長を捕らえさせようと利用したわけか」

わずかな抵抗とばかりに、蔑むように伯爵が鼻を鳴らす。

「まさか侯爵様ともあろうお方が、海賊と仲良くするなど思いも寄らなかったからな」

「だが仲良くなったおかげで、夜会の日に貴族の馬車を襲わせた犯人が、どこかの浅知恵伯爵だと確信することはできたがな」

嫌味を嫌味で返す……。さすがルディ。

船上で捕らえた敵海賊の中に、馬車を襲った海賊が紛れ込んでいたのは伯爵も予想外だっただろう。それがルディのカリーナへの疑いを晴らすきっかけにもなったのだから。

しかし伯爵はルディの発言を否定するように、小刻みに何度も首を横に振った。

「馬車を襲わせたのは私の指示ではない！」

「捕らえた海賊共はお前の指示だと言っていたぞ」

必死に否定する伯爵に、ルディが眉を寄せる。

「自分の開いた夜会の帰りに、しかも自分が治めている領地で招待客の馬車を狙わせると思うか!?」

確かにカリーナのせいにしたいとしても、あれじゃあ自分の領地が危険地帯だと噂されてしまう危険もある。伯爵にとっては、良い策とは言い難いよね。

「じゃあ誰が指示をしたんだ？　まさかこの期に及んで、女海賊とか言わないだろうな？」

「……私が知っているのは、夜会が終了した時間に『海賊達が街をうろついているから助けてくれ』との通報があり、警備兵達が対処するために巡視していた持ち場を離れたということだ。そのおかげで侯爵以外の招待客は、襲い掛かってきたところで駆け付けた警備兵達が助けて難を逃れている」

つまり通報のおかげで、私達以外の馬車は大事には至らなかったということね。私達の下に警備兵がすぐに駆け付けられなかったのも、通報で分散されたからかもしれない。

「だが海賊共はお前の指示だと証言している」

そうなのよね。伯爵が犯人じゃなくても、伯爵が雇った海賊達は伯爵に命じられたと言っている。現に指示をしたのは、伯爵家の紋章が刺繍された服を着た人物との証言まで出ているのだから。

「そもそもそこがおかしいのだ！　なぜ奴等は私が指示を出したと言い出したのだ？　私は夜会で貴族を乗せた馬車が襲われた時に、初めて私を騙る奴がいると知ったのだ！　私は偽名を使って指示を出していたというのに！」

「でも海賊とのやり取りは、伯爵家の紋章が刺繍された服を着た人がされていたのでしょ？　偽名を使ったとしても紋章を見れば、伯爵の指示だと海賊達も分かると思うのですが……。」

私の言葉に伯爵の目が大きく見開かれる。

「それは……本当なのか⁉」

伯爵の驚きの視線に自信がなくなった私は、ルディに助けを求める。

「海賊共を直接尋問して聞いたから、間違いない」

「そんなはずはない！　我が家の紋章が入った服を身に着けている人間はこの計画を知らない！　知っているのは外部の人間だけだ！」

鬼気迫る伯爵に私とルディが顔を見合わせる。

「そもそもやり取りはどうやってしていたんだ？」

「伯爵家とは関係のない代理の者が荷物の引き渡しの時に指示を出してくれていた。私はそれを時折丘から見守っていただけだ。代理の者も正体を隠すために外套を着ていたから、私が指示したとは分からないはずなんだ」

「紋章が付いた服が外部に流出していたということはないのか？」

「お前達も貴族の端くれなら分かるだろ。その家の紋章が入った服は使用人達にとって誇りであり、命よりも大事にしなければならないということを」

「その気持ちは痛いほど分かる」

変なところで意気投合しだした二人。おそらくルディは刺繍入りのハンカチが命より大事だと言った気持ちでも思い出したのだろう。刺繍一つでここまで熱くなれるのはある意味凄い。

「だから伯爵家の使用人がそんな馬鹿な真似をするはずはないんだ……」

伯爵も自分に仕えてくれている側近が裏切っているとは考えたくないのだろう。

「でもそれならどうして私達にカリーナが犯人だと嘘を吐いたのですか？」

「……それは……」

私の問いに、伯爵が誰もいない方の壁に視線を泳がす。カリーナが視界に入るのが怖いのだろう。

「邪魔な奴を消せる絶好の機会だとでも思ったんだろ」

それまで黙って聞いていたカリーナが小馬鹿にしたように笑う。

つまり自分を陥れようとした犯人を捜すよりも、証拠隠滅を図る方を優先させたというわけね。確かに誰かに嵌められたとルディに話をすれば、ルディはその方面の犯人も捜し出そうとするだろう。そうすれば自ずと伯爵と海賊との因果関係にも結び付いてきてしまう。だから全ての罪をカリーナに擦り付け、闇に葬ってしまおうと考えたんだ。カリーナは海賊だから、真実を口にしても誰も信じないだろうと踏んだうえで……。

「そいつの言う通りだ」

伯爵は開き直ったように、顎でカリーナを指す。

「若い侯爵なら、正義面して悪人を捕らえてくれるだろうと考えていたのだ。邪魔者さえいなくなれば仕事もしやすくなるからな」

犯罪を仕事と言っている時点で、伯爵には苦しんでいる商人達への罪悪感はないのだろう。罪悪感があれば最初から罪を犯していないと言われてしまえばそれまでだが……。

それにしても伯爵家の紋章を付けた服を身に着け、伯爵の名前を騙り、伯爵の口封じを企てた人間は誰？

その人間は伯爵家の厩番の人間を使い、伯爵の動向を探っていた。まさかその厩番の人が伯爵家の紋章を付けた服を外部に渡していた？　でもそうなったら無くした人はきっと騒ぎたてるはずだよね。ルディや伯爵の熱量からも、命よりも大事な物のようだから。それに新調するのに当主である伯爵の耳に入らないわけがない。

「そういえば海賊達とやり取りをしている代理の方って、どんな方なのですか？」

私が尋ねると伯爵は気まずそうに視線を逸らす。

外部とはいえ、悪巧みの共犯者になるのだ。伯爵にとっては信頼できる人間なんだよね。

そこまで考えてある人物の顔が思い浮かぶ。

消えた荷物の行方。紛失したわけでもないのに使われた伯爵家の紋章を付けた服。伯爵領の復興に一役買った人物。

「代理の者ってマルクス!?」

結びついたことで興奮し、思わず素に戻ってしまった私が声を上げると、伯爵の肩が揺れ動く。

マルクスが協力者なら繋がってくる！

マルクスは国外とも取引をしていると言っていた。奪った品を国内ではなく国外に持ち出していたと考えれば、収支も考えなくて済むし、どういう手段で手に入れた品かも怪しまれずに済む。きっとマルクスは海賊達から船で荷物を引き取ったあと、その足で他国に向かい品を売っていたんだ。

さらに高級衣装店を営むマルクスなら、伯爵家の紋章を付けた服を作るなど容易いことだろう。

でもマルクスが伯爵家の紋章を付けた人物なら、なぜ海賊達に伯爵だと分かるように指示を出し、夜会で貴族達の馬車を襲わせ、伯爵の口封じをしようと考えたのだろうか？

融資者であるマルクスも、伯爵が捕らえられてお金が返ってこなくなると困るはず。それどころか、下手をすれば自分にも捜査の矛先を向けられる。それでも動いた狙いは何？

「それにしても……」

考え込んでいると、ルディが裏帳簿の融資金の部分を指差し、伯爵に突きつける。

「二人で商船を襲う算段を付けていたとしても、これだけの額を一商人であるマルクスが無償で貸してくれたとは到底思えないのだが？」

そうだ。商船を襲う計画を立ててたとしても、商人なら復興できるかどうかも分からない領地の復興費を無償で貸すなどあり得ない。そこには必ず自分が不利益にならないような仕組みを考えているはずだ。

「その心配は無用だ。商船から奪った商品も全て奴に渡しているし、このままいけば、もうすぐ返せる予定なんだ」

「だが国賊行為をしたお前は王からの沙汰があるまで、投獄されることになる。そうなれば暢気に無用などと言えなくなると思うが？」

「今回だけだ。今回だけ見逃してくれれば何も心配することはないんだ」

「心配とは？」

弁明することに必死で口が滑った伯爵に、ルディが鋭い視線を投げかける。

お金を借りるために伯爵が何を担保にしたのか私達はまだ知らない。だが伯爵のこの焦りようを見るに、禁忌を犯しているのかもしれない。

再び俯きながら口を閉ざす伯爵。

「お前を口封じしようとしている奴がいる以上、投獄されても安全とは言い切れない。あいう輩はどこに潜んでいるか分からないからな。だがここで素直に話せば相手の狙いも分かり、お前を守るための策も打ち出しやすくなる」

無表情のルディの顔色を窺うように伯爵が視線だけ上げる。

しばらく見つめ合った後、伯爵が溜息を吐きぼそぼそと話し始める。

「……ちを担保にしたのだ」

「もっとはっきりと言え」

苛立つルディに覚悟を決めた伯爵が声を張り上げる。

「オラール伯爵領地を担保にしたのだよ!!」

これにはその場にいた伯爵以外の全員が、絶句したのだった。

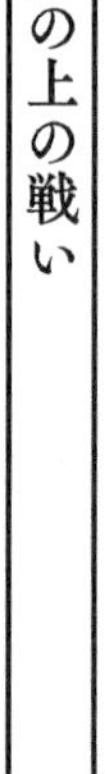

第五章　船の上の戦い

「オラール伯爵領を担保って……!?　海賊を雇うよりも大問題じゃない!!」

驚愕の真実に完全に取り繕うことを忘れた私が、伯爵に詰め寄る。

領地は国から借りている土地を運営している。そのため領地を担保にするということは、国が貸している土地を勝手に他人に明け渡そうとしていることになるのだ。

そりゃあ黙っていたくて当然だわ！

「ようやく軌道に乗ってきたところだったのに、こんなことになるなんて……」

いやいや。悪事を働いておいて軌道も何もないでしょうが！

「借用書を持っているのはマルクスか？」

さすがのルディも深刻そうに、こめかみを押さえながら伯爵に尋ねる。

「……はい……」

「領地の権利証は？」

借用書だけなら不当な請求として放棄できるが、領地の権利証は所有主にその土地を一任するという証であるため、他に譲るなど論外だ。

「……借用書と一緒に……」

「渡したのか……」

こうなってくるとさすがのルディも溜息しか吐けない。

「お前の勝手な行動で、伯爵領に住む領民達に迷惑がかかるとは考えなかったのか？」

考えていたらこんな結果にはならなかったと、ルディ自身も分かってはいるが問わずにはいられないのだろう。国が貸している領地を取り戻すのも大事だが、そこに住む人達に被害が出ることはルディとしても避けたいところ。

「借入したお金を返済できれば問題無いと思ったので……」

先程まで開き直って敬語を捨てた偉そうな態度は何処へやら。ルディにギロリと睨まれて伯爵が縮こまる。

「とにかくマルクスと話をして、領地の権利証だけでも取り返さないと！」

「そうですね」

マルクスが領地をどうしたいか分からないけど、悪用されたら一大事だ。何より伯爵が口封じで命を落としたら取り返しがつかなくなる！

マルクスと話をするため彼の店に向かおうと、針路を沖に変更するよう動き出した時だった。船が大きく横に揺れる。咄嗟にルディが私を抱き寄せ転倒は免れたが、放置されていた伯爵は床に転げ落ちた。

カリーナが甲板に出ようとする前に、扉が勢いよく開く。

「何事だい⁉」

「奴等の船が数隻こちらに迫って来たため、急いで舵を切ったところです！」

カリーナの部下が甲板を指差しながら状況を説明する。

甲板に出ると、部下が言った通り数隻の船が速度を上げて逃がさないように展開してこちらに近付いてきていた。

「挟み撃ちにしようって魂胆かい」

「わ……私は何も指示していないぞ！」

伯爵が顔を青ざめさせながら、首を大きく横に振る。

「そんなことは分かっている。お前の口を封じたい奴が来たのだろう」

伯爵は調査に入られてからずっと私達と一緒にいる。海賊達に何かを伝える時間も隙もなかった。となると動かしているのはマルクス？

「一か八か隙間を抜けてはみるが、衝突は避けられないかもしれない。衝撃に備えて、あんた達は部屋に戻ってな」

私達三人は船の上では役立たずですからね。特に私と伯爵。

「レア。船のことは彼女達に任せて、邪魔にならないよう俺達は部屋に戻りましょう」

ルディに促されて部屋に戻る。

「やっぱりこれもマルクスの仕業だよね？」

激しく揺れる船の中、ルディにしがみつきながら尋ねた。

「海賊を動かしている奴は、『伯爵家の紋章が刺繍された服を着た人物』ですからね。その可能性は十分にあります」

「だが奴は私に死なれては困るはずだ！　金が返ってこなくなるのだからな！」

まだマルクスを協力者だと信じているのか、柱にしがみつきながら伯爵が叫ぶ。

「そうなれば領地が手に入るだけだろう。むしろ最初からそちらが狙いだったのかもな」

「なっ……！　つまり私は騙されたというのか⁉」

騙されるもなにも、領地を担保にしようと考える時点で浅はかなのよ。

「だがこれまでは命を狙われることなど一度もなかったぞ⁉」

「領地が活性化してきたからだろ。街が整備されてから奪った方が相手も楽だろうからな。それにお前が国に捕まり余計な証言をされたら領地が返還されてしまう恐れもある。そうなる前に全てを海の底に沈めてしまおうと考えているのだろう」

ルディの推測に、伯爵は口をあんぐり開けて言葉を失う。

「そうなると周辺の港町を寂れさせたのも、伯爵領を乗っ取ったあとに港町全域を手に入れようと考えていたからかもしれないな」

「でもルディまで殺しちゃったら王家が黙ってはいないんじゃないの⁉」

ルディは王位継承者だ。調査中に命を落としたとなったら国も動き出すはず。

「伯爵に罪を擦り付けるつもりなのでしょう。全ての事件が伯爵を犯人と指していますから。運悪く裏帳簿もここにありますし、船が沈んだら大金の秘密も海の底です。全てが綺麗に片付いた後にマルクスは金で爵位を買い、権利証を利用して領主にでもなるつもりなのかもしれませんね」

冷静に分析している場合じゃないでしょ！　船を沈められたら一巻の終わりってことじゃない！

「……私は利用されたのか……」

ルディの言葉に絶望と怒りを滲ませた伯爵が呟く。

「夜会を開けと言ったのも、女海賊のせいにしてランドール侯爵に捕らえさせろと言ったのも、全て私に罪が向くように仕掛けるためだったのか！」

「もしかしてお詫びの夜会ってマルクスの案だったの⁉」

「そうだ！　奴は夜会を開いて貴族達にランドール侯爵夫妻の顔見せをしておけば、今後の問題は心配なくなるだろうと提案してきたのだ！　今にして思えば夜会の帰りに参加者達が乗った馬車を襲っても、全て夜会を開いた私が犯人として挙げられると考えてのことだろう！」

「夜会の件は偶然ではないのか？　俺達が参加しないと言い出していたかもしれないだろ

う」

「マルクスは侯爵夫人の着飾った姿を見たくないかと言えば、侯爵は絶対に参加すると言っていた」

「俺の弱点を突いてくるとは……。綿密に練られた計画のようだ」

カッコいい言い方してますけど、まんまと乗せられていましたよ。

そういえばゴテゴテした衣装を作りたいとマルクスが申し出てきたのも、もしかしたら襲った時に動きを鈍くさせるための策略だった？　そんな些細なことでやられるルディじゃないけどね。

だけどどうしてマルクスは、夜会の貴族達の馬車を襲うように指示したのだろうか？　カリーナの仕業にしたいとしても無謀な計画だったように思う。ルディの言う通り、領地を手に入れるために伯爵に全ての罪を擦り付け、海賊達に伯爵の指示だと信じ込ませるような行動をとっていたのは分かる。けどあの馬車を襲った件が原因で、伯爵がルディの調査を受ける羽目になったのだ。そこまでして馬車を襲う価値があったのかどうかは疑問である。

それにただの商人であるマルクスが、伯爵領を復興できるほどの資金を一括で用意できたというのも腑に落ちない。

考え込んでいると、再び船が大きく左右に揺れ出す。

「ついに沈む!?」

「心配はいりませんよ。いざとなればレアと船から飛び降りて、泳いで逃げますから。俺達だけでも生きていれば、証人になれます」

頼もしい！　……ってなるか!!

「ルディ、泳いだことあるの!?」

泳いでいるルディなど見たことない。そういえば海だって初めてなんでしょ！

「大丈夫です。人間は母親のお腹にいた時は、ずっと泳いでいたそうですから」

やけに詳しいけど、育児書でも読んでいるのかな？

って、そんなことを考えている場合じゃない！　こうなったら泳いだことがある私が何とかするしかない！

「ルディ！　いざとなったらそのへんの机や椅子を浮き輪代わりに使うわよ！　それを使って岸まで泳ぎ切る！」

板を笑う者は板に泣く！　船が沈没する映画で最後まで生き残るのは、板を持っていた者だけよ！

「レアが頼もしいのは心強いですが、レアを守る側でいたい俺としてはレアの泣きつく姿も見たいような気もします」

出たよ。サディスト・ルディ。ヒロイン・マリエットの涙で興奮した原作通りのサディスト発言に、頬が引きつる。

時折大砲の音が外から聞こえてくる。その度に船が左右に大きく揺れるも、私を抱きしめるルディの体はビクともしない。伯爵があっちこっちに転がっているから、船が揺れているのは間違いないはず。ここでも驚異の身体能力が発揮されるのか……。ここまでくると、ルディなら初めてでも泳げるのではないかと思えてしまう。犬かき姿は見たくはないけど……ルディの犬かき……いや、意外と可愛いかも？

「レア？」

ニヤけた私を心配して顔を覗き込むルディ。必死になって犬かきをするルディの姿にほっこりしていたとは、口が裂けても言えない。

「ドゴオオオォンッ!!」

そんな私達に今までとは違う縦揺れの衝撃が襲う。

「どうやらぶつかったようですね」

動いていた船が急停止したのを感じた瞬間、外から喊声が響き渡る。

ついに戦いが始まったのね。

ルディは私から手を離し、剣を鞘から抜く。

「俺から離れないでください」

「うん」

「分かった！」

ルディが床にうずくまる伯爵に対して、嫌そうに顔をしかめる。たぶんルディ的には、『お前には言っていない』なんだろうけど、大事な証言者だしなんだかんだ言っても伯爵も守るだろう。

私も念のため鞄から唐辛子スプレーを取り出す。ルディの足手まといにならないために武器を持って来たんだ。使うならここしかない！

外では様々な音が入り乱れている。ドキドキしながら入り口の扉を見つめていると、カトラスの先端が扉を突き破り部屋にはみ出す。

ひぃぃっ!!

突然の出来事に驚き、震え上がっているとカトラスを抜きにきた敵海賊と穴越しに目が合う。

「ここに誰かいるぞ！」

見たことのある格好の敵海賊が扉を開け侵入……する前にルディが飛び出し敵を外に弾き飛ばす。

安心したのも束の間、両横の窓を突き破り、敵海賊達が部屋へと侵入してきた。大破した木枠と窓ガラスが室内の床に飛び散る。その海賊達のお目当ては伯爵のようで、伯爵の姿を見た海賊達が不敵な笑みを浮かべて伯爵に手を伸ばす。私は咄嗟に、持っていた唐辛子スプレーを伯爵の近くにいた海賊目がけて噴射した。すると、直撃した海賊は目を押さえながら悶え苦しみだす。

「こいつ！」

苦しむ仲間に怒った海賊が私を睨みつけてきた。

唐辛子スプレーはワンプッシュ一名様限りです！　受けたい方はお並びください！

構え直してもう一度プッシュしようとしたところで、横からナイフが飛んできて私を狙っていた海賊の腕に突き刺さる。痛みで叫び声を上げる海賊に対し、戻って来たルディが敵の頭を目がけて回し蹴りを食らわせる。激しい衝撃に男は窓枠にもたれかかる。脳震盪を起こしているのか、ふらつく体を支えきれない男はそのまま頭から海に落下していった。

おみ足もお強いのね……。超人的なルディの身体能力に驚愕する。

ルディはそのままもがいている敵も気絶させ、外へ放り投げた。

「レア、無事ですか⁉」

あなたのナイフ捌きと、殺人的な身体能力のおかげで無傷です。

ルディが再び部屋の扉を閉める。

「外の戦況はどうなの？」

「苦戦しているようです」

「じゃあ助けないと！」

声を上げると、ルディがチラリと床に丸まっている伯爵に目を落とす。

「白兵戦に持ち込んだのはおそらく、伯爵を別の場所で殺すためです。俺と女海賊だけなら争って亡くなったと偽装できますが、伯爵まで女海賊と同じ船で死ねば、死因なども含めて色々調べられてしまいます。それを避けるためにも伯爵には、伯爵邸の執務室で自殺を装わせて殺すつもりなのでしょう」

「つまり伯爵さえ守っていれば、相手は下手に手を出してはこないということ？」

ルディがコクリと頷く。

「奴等は伯爵を狙ってこの部屋に来るはずです。ここで敵の数を減らしていくのが一番の近道かもしれません。レアは危険なのでどこかに隠れて……」

ルディが言い終わる前に、静かになった外から荒々しい声が響き渡る。

「ルディウス・フォン・ランドール！　女海賊を殺されたくなければ、オラール伯爵を連れて今すぐ出て来い！」

いつもの紳士的な話し方じゃなくても、それがマルクスの声だと確信する。カリーナが人質になったようだ。

「どうやら制圧されてしまったようですね」

ルディが冷静に状況を把握する。すると待ちきれないのか、マルクスが言葉を続けた。

「お前に潰された武器事業の件も含めて、じっくり話し合おうじゃないか！」

武器事業？　ルディが潰したって……。嫌な予感に顔が青ざめる。

まさかマルクスの言っている武器事業って、エドワール侯爵が裏取引で利用していた武器商人達のこと⁉　もしそうだとしたらこの恨みを作ってしまったのは、原作者である私だ。ヒロインのマリエットと王太子殿下の絆を強めたくて、適当に設定して小説を書いていた頃の自分を思い出す。

そもそも転生してからもこの設定を利用しようとルディに提案したのも私。それなのに自分の軽はずみな言動のせいで、全ての恨みをルディが背負うことになってしまった！

後悔と罪悪感から痛いほどの力を加えながら目を閉じる。

「どうやら奴の目的は伯爵だけではないようですね。海賊が隣国ヴォルタ製の銃を持っていたのも、武器事業を手掛けていた奴が渡していたのなら納得です」

ルディの言葉に弾かれたように顔を上げる。

そうだ。隣国の武器事業に携わっていたのなら、マルクスが銃を所持していてもおかしくはない。

「伯爵を連れて俺は奴の前に出ます。レアはここにいてください」

部屋を出て行こうとするルディの袖を掴む。

「行かないで……」

無意識に出た言葉に驚いた。決して頭で考えて言った言葉ではない。頭ではこの現状を変えるには、ルディを信じて任せるしかないと分かっている。けど心がルディを行かせたくないと体を動かす。

ルディも驚いているようで、わずかに目を見開いている。手を放さなければいけないのに、ルディの袖から手が離れてくれない。

「早く出て来い!!」

外から銃声のような音が聞こえてきて、思わず身をすくませる。

やっぱり銃を持っているんだ。ルディが強いのは知っているけど、銃は殺傷能力が高い飛び道具。もし撃たれたりしたら……。

緊張で袖を掴む手が小刻みに震えだす。ルディはそんな私の手をそっと握ると、私の頭を抱きかかえるように自分の胸に抱き寄せた。

「頭を打って意識がなかった時も、今のように心配させてしまっていたのですね」

他の音を遮断するように、ルディが耳元で話しかけてくる。耳に入ってくるルディの声がどこまでも優しくて、目の前が涙で滲む。

「一つだけ約束しませんか？　俺がもし無傷で全てを解決したら、今レアが抱えている秘密を俺に打ち明けると。その約束さえあれば、俺は全力を尽くせます」

ルディの言葉に目を見開く。秘密って……小説のことだよね？　なんで分かったの？

今までの自分の行動が脳裏に浮かびあがってくる。令嬢がしないような唐辛子武器の製作

に、エドワール侯爵の反乱の情報。気付かない方がおかしいかもしれない。それでもルディは怪しい言動をとる私を、ずっと黙って見守ってくれていた。

もしルディが私のせいでヴォルタ国がこの国を狙っていると知ったら、どんな反応をするだろうか？

尋問中、伯爵に向けていたルディの冷え切った視線を思い出す。

あの視線を自分にも向けてくるようになるかもしれない。

気付くととめどなく涙が溢れ出てくる。ルディはそんな私の頬に伝う涙を、何も聞かずに自分の指の腹で拭ってくれた。

どちらにせよ、これからも小説の設定が出てくる可能性はある。その度に責任を感じているだけでは何も変わらない。私のせいで隣国が悪となってしまっている以上、国に仕えるルディは隣国と対峙していかなければいけない。少しでもルディの力になりたいなら、真実を話しておく必要がある。それに全てを知ったルディが、私から離れることになったとしても、この状況を生き残れる糧になるのなら――。

静かに目を閉じて、覚悟を決めた私はコクリと小さく頷く。その様子にルディが涙を拭うように私の目じりにキスを落とす。

「心配せずに待っていてください。俺は必ずレアとの約束は守りますから」

体が離れると、安心させるように目元を和らげ頬を一撫でする。

そのまま逃げようとする伯爵の首根っこを掴み、引きずりながら部屋を出るルディを黙って見送る。

……って何弱気になっているのよ!!

閉ざされた扉を見つめながら、両手で自分の両頬を思いっきり引っ叩く。

ルディが心配するなと言っているんだ。だったら私はルディの無事を信じて、自分ができる最大限のサポートをすればいい！

斜め掛けにしている鞄に目を向ける。

カリーナさえ解放されれば勝機はある。ルディもきっとそれを考えているはず。それなら唯一自由に動ける私がこの船の状況を把握して、いざという時にルディの力になるんだ！

状況を確認するために、まずは外の様子を窺うことから始めた。

おそらく甲板には多くの敵海賊がいる。問題はその海賊達に見つからないように、人質を解放しなければいけないということだ。

散らかった部屋の中を見回すと、敵海賊が侵入した時に割られた窓が目に入る。あそこから外の様子が見られないかな？　その窓に近付き少しだけ顔を出す。こちらの船から見て、斜め横になっている敵船が見える。カリーナが挟み撃ちを狙っているとか言っていたから、挟み撃ち後にぶつけてきた内の一隻だろう。ここから見える敵船の甲板には人の姿はない。ほとんどがこちらに乗り込んできているのかもしれない。

これは好都合だ。

この窓の外には高いところに登るための、縄梯子が設置されている。その縄梯子を張るための出っ張った板が窓下から伸びているのだ。ここに飛び移れば敵に見つからずに、甲板の様子も探れる！

早速、割られた窓から縄梯子が取り付けられている板の上に静かに降り立つ。割れた窓ガラスのほとんどは室内に散らばったため、破片は落ちていないようだ。その板の上に甲板から私の姿が見えないように、うつぶせで寝転がる。

「お前のせいで私のヴォルタ国での地位は失墜した。だからこの計画だけはお前に邪魔されるわけにはいかないのだ！」

外に出たからか、マルクスの声がはっきりと耳に届く。

憎々しそうに話すマルクスの様子に胸が痛む。本来ならこの怒りは自分に向けられるはずだったのに……。

「……そういうことか」

落ち込む私とは対照的に、鼻で笑うような声が耳に届く。

「本当の狙いは伯爵領をヴォルタ国に引き渡すことだったんだな。そうすればエドワール侯爵の反乱の失敗を取り消せるだけの功績にはなるからな」

伯爵領をヴォルタ国にって……!?　王国の一部が他国に占領されるってことじゃない！
でもよく考えたらマルクスは一商人にも拘わらず、伯爵領を復興できる資金を伯爵に融資している。もしそのお金を出したのが、ヴォルタ国だったとしたら、この計画を立てたのもヴォルタ国!?

「周辺の港を衰えさせていたのも、ヴォルタ国が伯爵領に入った時に、他の港町も一気に攻め落とすための下準備といったところか。後がないお前にとっては、これが最後の機会だろうからな」

「どこまでも忌ま忌ましい奴だ」

静かな物言いだが、そこにマルクスの怒りが込められているのは隠しきれていない。本来なら私に向けられているはずの怒りを、ルディが代わりに受けていることに辛くなり下唇を噛みしめる。この事実を知った時、ルディはどう思うだろうか……？

今はそんなことを考えている場合じゃない。

首を左右に大きく振る。

一刻も早くこの状況を好転させるためにも、少しでも状況を確認しておくんだ。

もう少し甲板の様子を見ることができないか、一歩ほふく前進する。

すると敵海賊に掴まれ、剣を喉元に当てられて人質になっているカリーナの姿が目に映る。人質のカリーナの後ろには、カリーナの部下達も他の敵海賊達に剣を突き付けられ、膝を突いた状態で手を上げさせられていた。そういえばルディが以前、敵海賊一隻の戦力はカリーナの海賊団の半分と言っていた。二隻以上で攻められていたら、この状況になっていてもおかしくはない。

さらに状況を観察しようとするも、うつぶせになっている板が部屋の途中までの長さしかないため、部屋の一角が邪魔をして中央左側にいるルディとマルクスの姿までは見えない。

「王都周辺の街で俺達に近付いたのも、王都で俺達が新婚旅行に行くと聞いて探りを入れようとしたんだな。俺達夫婦がどれほどの仲で、どういう行動をとろうとしているのか知るために」

そういえば夜会の誘いもマルクスの案だと伯爵は言っていた。私とルディの仲が想像以上に良いように見えたのね……否定はしないけど……。

「夜会の後の襲撃は俺への恨みを含め、いくつかの思惑が重なった結果か。俺が死ねばそれでよし。死ななくても俺に女船長を捕らえさせれば計画は続行できる。最悪商船を襲った犯人にたどり着かれたとしても、それはお前ではなく伯爵になるだけ。領地を担保にしている以上、伯爵は簡単に口を割らないだろうから、その間にお前が高値で雇った暗殺者に口を封じさせれば全ては闇の中」

表情は分からないが、マルクスが返事をしないところをみると図星なのだろう。

「だがどれもこれも失敗に終わった。夜会の後に他の馬車も狙わせて、通報することで俺の下に警備兵が駆け付けないように手引きまでしたのに失敗。口封じをしようと暗殺者まで仕向けたのに、うちの優秀な諜報員にまんまとやり返されて失敗。結局お前自身が出てこなければいけない事態にまで発展してしまったのだからな」

ぐっ！　今の言葉、テネーブルにも聞かせてあげたい!!

しかしマルクスは全く動じていないようで、鼻で笑った。

「よく喋るな。私を怒らせて隙を作らせようとでも考えているのだろうが、無駄だ」

隙……？　そうだ！

私は武器の入った鞄からある物を取り出す。

これなら隙を突けるかもしれない！

「商売とは先を見据えて動くものであり、結果は最後までどう転ぶか分からない。失敗だと見えたものも、後に成功に繋がる場合もあるし、最後まで誰が笑うかは分からないものなのだよ。現に今、一番追い込まれているのはあなたではないか？　ランドール侯爵」

「俺に手を出せばこの国が黙ってはいないぞ」

ルディは優しさを一切排除した、心の芯まで凍るような寒々しい口調で言い返す。

「そんな心配はいらない。お前は伯爵に踊らされて女海賊と戦い、相討ちになったことにする筋書きだからな。全ての罪はそこの伯爵が背負ってくれる」

幸いなことに全員の視線がルディとマルクスがいる中央に集中しているから、こちらを気にする者は誰もいない。

私は鞄から取り出した武器を、音を立てないように準備する。

「喜んでいるところ悪いが、その作戦も失敗に終わる。うちの諜報員が真相の一端を知っているからな。奴が王太子殿下に話をすればすぐに調査される。お前が捕縛されるのも時間の問題というわけだ」

そういえばテネーブルという存在がいた！

伯爵が暗殺者に狙われていると分かり、伯爵に似た体型の人を囮にする作戦を提案していたのだ。囮の護衛役として同行することになったテネーブルとは、それ以降、別行動となっていたけど……。

不安だったけど、あの作戦を提案したのは正解だったかもしれない！

形勢逆転に歓喜する私を余所に、マルクスが声を上げて笑う。

「そいつなら崖から落ちて死んだよ」

マルクスの衝撃発言に思わず声が出そうになり、口を塞ぐ。

嘘!?　テネーブルが死んだ!?

「おかげであいつらは囮で、不審な動きをしていたお前達の偵察船の方に伯爵がいると確信できたよ」

テネーブルが……死んだ？　私が囮作戦を考えたから？　思えば彼も私の小説の被害者だ。それなのに、私が立てた作戦のせいで彼の命までも犠牲にしてしまった。

悲しみと後悔から目の奥がじんわりと熱くなる。

「お前はあいつを舐めすぎだ。あいつは殺したくても死なない、本当に鬱陶しい奴だぞ」

吐き捨てるように言い返すルディの言葉に、悲しみで押しつぶされそうになっていた私の心が持ち直した。

確かにじゃれ合いながらも、いつもルディの攻撃をかわしているテネーブルが簡単に死ぬとは思えない。

「それより、もう少し自分の心配をしたらどうだ？」

そうだ。今は悲しんでいる場合じゃない！　自分のやるべきことをやろう！

私に向けて言ったわけではないが、冷淡に言い放つルディの言葉に目が覚めた私は、潤んだ目を拭うと持っていた武器を構える。ここから一番近いのはカリーナを人質に取っている海賊だ。距離はだいたいバスケのハーフコートくらいだろうか？

マルクスは焦る様子を見せないルディに対して鼻で笑う。

「その言葉、そっくりそのままお前に返してやるよ。お前は今日、ここで私の手にかかって死ぬのだからな！」

カチャリと撃鉄を起こすような音が聞こえてくる。

歓喜するようなマルクスの声。

ルディが撃たれる！

「さよならだ。ルディウス・フォン・ランドール！」

勝ち誇った物言いのマルクス。

ええい！　なるようになれだ!!

取り出した武器を使用すると、「ポンッ！」という可愛い音と共に真っ赤な弾が飛び出した。その真っ赤な弾がカリーナを人質にとっていた敵海賊の顔面に命中すると、ドロッとした液体が男の顔に広がる。

「いっ……いってえ――!!」

近距離ではないため威力は劣るが、私お得意の赤い悪魔に憑かれたが最後。激痛に襲われることは間違いない。カリーナは瞬時に顔を逸らしたようで、被害には遭っていないようだ。

初使用・初被弾に、スリーポイントシュートが決まった時のような喜びが沸き起こる。

見たか！　これぞ私の最強武器！

唐辛子ペイントガンよ！

細長く伸びた金属部分の銃身が光る。フレーム部分に施したお洒落な花の装飾と、装飾に見合った木製のグリップが高級感を醸し出す。

唐辛子スプレーは近距離でしか効果が出ないため、そのデメリットを改良したくて製作したものだ。隣国が銃を開発していることを知った武器職人のおじさんとの共同開発である。『来る終末の日』は来ないとしても、王位継承権を持つルディの傍にいれば命を狙われる危険もある。だからこそルディの足を引っ張らないために作ったのだが……まさか自衛ではなく、攻勢で活躍することになるとは夢にも思わなかった。

クラヴリー公爵家の事件が解決し、ランドール侯爵家に居座るようになってから苦節数ヶ月。銃は元々あるからそれを元に製作は可能ではあった。しかし殺傷はしたくないという私が提案したのが、ハンドガンタイプのエアガンである。

ガスで発射するという点では苦慮したが、武器事業が隣国に一歩出遅れているという現実に、武器職人のおじさんの職人魂に火がついた。色んな専門家達の意見を聞き歩いた結果、気付いたら壮大な計画に発展していたのだ。鍛冶場に似つかわしくない専門家達が、銃を前に難しい顔で考えている姿を目にした時はさすがに恐縮したよ。

そしてもう一つの問題は唐辛子ジェルを入れる弾の器。水あめやらゼラチンやら固まりそうな物を、魔女の釜のようにぐつぐつ煮込みながら混ぜて色々試してみた。ここでも専門家の先生達が大活躍。でき上がった器の中に唐辛子の粉をドロドロの液状にした物を入れて穴を塞いだらあら不思議。激辛唐辛子ペイント弾の完成です！

このように、この銃は実験に実験を重ねて作られた大作なのである。

完成した時はみんなで抱き合って喜んだものだ。なぜかタイミングよく迎えに来たルディに、すぐに引き離されたけどね。

回想している間に、一斉に視線がこちらに向く。

咄嗟に唐辛子ペイントガンを、カリーナの部下達に剣を突きつけている敵に向けた。すると赤い恐怖に、顔の前を腕でガードしだした。その隙を突き、カリーナが痛がる男から武器を奪い、ペイントガンに怯んでいた敵海賊達を倒した。

それを合図に再び甲板で乱闘が始まる。

相手が怯んでくれてよかった。あのペイントガン、一発射につき一装填が必要なんだよね。帰ったら連射できるように改良を重ねないと。

改良案を検討していると、「バンッ！」と本物の銃が発射される音が響き心臓が止まりそうになる。

まさか⁉　ルディが撃たれた⁉

「ぐああああああ……‼」

その直後に聞こえてきた叫び声が、ルディの声とは違っており胸を撫で下ろす。

何が起こっているの？

ルディの状態が心配になり、室内に戻ろうと動き出していると、厳つい声が頭上に降りかかる。

「こんなところにいやがった！」

ぎゃあっ！　見つかった！　……って逃げると思ったら大間違いよ!!

船尾甲板から私の近くにある縄梯子を降りようとする二人の敵海賊目がけて放ったのは、卵の殻に詰めた唐辛子爆弾。

「ぐわっ！　なんだこれは……ゴホゴホッ！　痛え！」

「くそっ！　この女！」

一人はそのまま手を放して海に落下するも、もう一人の敵海賊は痛がりながら私を捕らえようと手を伸ばしてきた。唐辛子爆弾を食らったのに、なんて執念なの!?　感心半分、焦り半分でどう対処しようか頭をフル回転させていると、男の後ろがキラリと光る。次の瞬間、私に手を伸ばしていた男の肩にサーベルが突き刺さる。

「ぐあっ!!」

たまらず刺された肩を押さえようと縄梯子から手を放してしまった男は、逆さまの状態で私の目の前を通り過ぎ海に落下していった。

「助かったよ！　今の内にあんたは部屋に戻りな！」

どうやらいつの間にか船尾の甲板に移動していたカリーナが助けてくれたようだ。私に指示を出しながらも、カリーナは襲ってくる敵海賊達を次々にサーベルでいなして攻撃に繋げていく。か……カッコいい！　じゃなかった。

カリーナが縄梯子への侵入を防いでくれているうちに、室内に飛び込む。

室内に戻り一息吐く間もなく、突然甲板に続く扉が開いた。転がり込むように入って来た人物に思考が停止する。

誰!?

その人物は坊主頭の小柄な男性で、慌てた様子で四つ這いのまま部屋の隅へと移動する。

その不審な人物の行動を目で追っていると、私が入ってきた反対の窓から敵海賊が数名室内に侵入してきた。

「伯爵を見つけたぞ！」

伯爵って、オラール伯爵!? ウィッグはどこにいったのよ!?

侵入してきた敵海賊の視線は、床に這いつくばりながら怯えている坊主頭の伯爵へと向けられる。慌てて唐辛子スプレーを取り出そうとするも、伯爵から近い相手の方が一歩早く動き出す。間に合わない！ 伯爵に伸ばされる敵海賊の手を摑もうと手を伸ばす。

「レアに近付くな」

耳元から聞こえてきた怒気を含んだ声に、張りつめていた緊張が解ける。次の瞬間、私の横を通り過ぎるように風が吹き、伯爵に手を伸ばしていた敵海賊達が白目を剝いてくずおれていく。その背後に立っていたのは、倒れる敵海賊達を睨みつけるルディだった。

「レア、無事でしたか！」

ルディが私に駆け寄り、私に怪我がないことを確認する。無事もなにも狙われていたのは私ではなく、伯爵の方なんだけどね。

「ルディも無事で良かった」

どこにも傷がなさそうで安堵していると、甲板に続く開いた扉から、なぜか血まみれになった手を押さえ自分の船に逃げ帰ろうとするマルクスの姿が目に映る。マルクスがいるのはここから距離がある船首に近い渡し板の近く。

どさくさに紛れて逃げるつもりなんだ！

「ルディ！　どいて！」

入り口に背を向けて気付いていないルディを押しのけ、銃に唐辛子ペイント弾を込めて構える。床が「ぐぇっ！」とか言っているがそれどころではない。

渡し板に移ろうとするマルクスに向けて、引き金を引く。すると先程と同様、「ポンッ！」という可愛い音とともに、マルクスの体に赤い液体が飛び散る。

「なんだこの液体は!?　ぐあっ！　傷口に沁みる――――!!」

付着した唐辛子ペイントを払うように、マルクスは血まみれになっている手を必死に振る。その結果、狭い板の上でバランスを崩しそのまま海に落下した。

「ぐああああああっ!!　海水があああああああっ!!」

沁みるよね。マルクスの悲痛な叫び声に、思わず感情移入してしまい顔をしかめる。

騒ぐマルクスの声を聞きながら、隣に立つルディに真相を尋ねずにはいられなかった。

「マルクスの手の怪我、ルディが切ったの？」

「いいえ。自滅です。奴が構えていた銃口に敵から奪ったナイフを投げたら、その反動で引き金を引いたようで、暴発しました」

乱戦が始まった直後に聞こえてきた銃声と悲鳴。あれはマルクスのものだったのね。

ピンポイントで銃口にナイフを投げるとか、どんな名手よ。

「銃の構造とかよく知っていたね」

私は前世で水鉄砲やら箱型の空気銃やらで、ある程度の銃の知識はある。けどこの国では銃の存在はあまり知られていない。だからルディが銃を見たのも、エドワール侯爵の事件が初めてだと思うのだけど……。

「レアが銃に興味を持っているようでしたので、俺も勉強しました。銃口を狙う隙を窺っていたのですが、レアのおかげで旨くいきましたよ」

ルディは私の腰を引き寄せると、額にキスを落とす。

こんな甘い空気を発している私達だが、忘れてはいけない。私の足元に敵海賊達が転がっていることを――。

海から救助された雇い主であるマルクスが捕まったこともあり、ルディの本格参戦と、私の唐辛子三刀流に恐れをなした敵海賊達は次々に投降。全員が甲板の一ヶ所に集められ

た。もちろんウィッグが甲板に金色の海藻のように放置されているオラール伯爵もその仲間入りである。

衝突された船での航行は危険だというカリーナの判断により、一旦近くの港町に戻ることになった。

「オラール伯爵とマルクスは主犯として王都に連行することになるが……」

ルディが集められたたくさんの海賊達に目を向ける。ルディの暗殺未遂でマルクスに手を貸した海賊達も処罰はできるけれど、これだけの人数を王都に収容するとなると、移動だけでも一苦労だ。ルディ的には地方の貴族達で処罰して欲しいところだろう。だけど地方の貴族に任せると、また罰金刑だけで釈放されてしまうのがおちだ。

「お前はこれからどうするつもりだ？」

突然ルディがカリーナに視線を向ける。

「私かい？　そりゃあ気ままな海賊暮らしに戻るだけだよ」

急に話を振られたカリーナは、さも当然のように答えた。これまでの生活を考えれば答えは一択だろう。

「国のために働く気はないか？」

ルディの突発的な提案に、私もカリーナも驚きで目を見開く。

「今回の件でお前は、自分がどんなに正当な行いをしようが権力の前では無力だと思い知らされたはずだ」

腐ってても権力。いくら貴族の方に問題があったとしても、それに逆らって捻り潰されるのは、いつも権力のない人間の方だ。

「これまで海の防衛に関しては地方の貴族達に任せていたが、ここまで腐敗していたとなると本格的に国が介入する必要があると判断した」

領民が海賊であるカリーナに頼らなければいけない事態になっていたからね。

「そこで国に海軍を作る提案をしようと思っている」

日本で言う海上保安官みたいな感じかな？

「国の法に則って、港町周辺で起こったあらゆる出来事に対処し、処罰することができる権限を最高責任者に与え、海の治安を守る仕事だ。俺と同じく王家直属の部下になるから、地方の貴族達より権力も地位も上になる」

ルディがカリーナを見据える。

もしかしてルディは、カリーナにその任を任せたいと言っているのかもしれない。カリーナも私と同じように受け取ったのか、作り笑いを浮かべる。

「本気なのかい？　私らは悪行こそしていないとはいえ、海賊扱いされている側なんだよ。それこそ貴族共が反対するにきまっているだろ。それに国に仕えるっていうのが、性に合わないねえ」

自由気ままに航海していたのに、急に海軍になれとか言われても困るよね。いい返事をしてもらえないのは当然かもしれない。誰かの下に仕えるということは、それだけ不自由になるということでもあるのだから……。

「反対意見に関してはお前が気にする必要はない。今回の働きだけで十分うるさい奴等は黙らせられる」

淡々と返答するルディに嫌な予感が過る。

……もちろん正当な方法で黙らせるんだよね？　ルディの普段の仕事ぶりを知らないからなんとも言えないが、今回の件でも王太子殿下を巻き込んで平気で迷惑をかけているところを見ると、殿下の心労が増えないか少し心配になってくる。

だが民のために動けるカリーナが最高責任者なら、安心して任せられるのも事実。この辺りの海に長けている彼女なら、すぐにでも動き出せるだろうからね。

難しい顔で悩むカリーナ。

「受けるも断るもお前次第だ。断るならマルクスの手下の海賊の処罰は地方の貴族に委ねるだけだしな」

そんなことをしたら、またすぐに釈放されて商船が狙われるんじゃないの⁉

「脅してんのかい？」

カリーナもルディの意図を察したようで、こめかみあたりが微かに動いている。

「事実を言ったまでだ。海軍を新しく編制するとなると、時間もかかる。その間は今まで通りに処理していくしか方法がないだろう。そうなると……商人達の生活がいつまで持つか……」

やれやれと首を横に振るルディ。完全にカリーナを煽っているよね。

「それに商人達も見知らぬ貴族が最高責任者になるより、お前が海を見張ってくれていた方が心強いと思うぞ」

カリーナが部下を見回す。彼等も海賊としてカリーナに付いてきたということは、順風満帆な人生を送ってきたわけではないのだろう。理不尽な世界の中で、苦しめられた者達もきっといたはず。だからみんな苦しむ商人達を助けるために、カリーナに従って動いていたのかもしれない。

みんなのカリーナを見る目が心なしか力強く感じる。

「分かったよ。後任が見つかるまでの間だけなら引き受けてやる」

部下達の決意の眼差しに観念したカリーナが、お手上げだと手を上げる。

「それならこいつらの処罰は、国の法に則ってお前が下せ。正式に任命されるまでは地方の貴族共も騒ぐかもしれないから、ランドール侯爵家の騎士を数人置いて行く。それで黙らせられるだろう」

「やれやれ。忙しくなりそうだね……」

そう言いながらもどこか嬉しそうなカリーナ。カリーナは今回の件で権力の前では無力だということを嫌というほど理解したのだろう。この提案を受ければ、自分の手で守りたいものを守れるようになる。

「海賊を海軍に引き込むなんて、さすがルディだね」

やる気にみなぎっているみんなを微笑ましく眺めながら、隣に立つルディに話しかける。

「彼女なら貴族に臆することなく、民のために対処してくれるでしょうから、あのままにしておくのは勿体ないと思っただけです」

テネーブルといいカリーナといい、ルディの周りがだんだん怖い感じになっていくのは、気のせいだろうか？

笑顔のままルディを見上げていると、愛おしそうにこちらを見つめ返された。その顔に心臓がドキリと跳ね上がる。愛されているというくすぐったい気持ちに、思わず顔を逸らす。しかし逸らす時に見えた乱れのない服装に、不安が過る。私はこの顔を曇らせてしまうかもしれない。二つの複雑な感情が私の心臓を刺激する。

カリーナ達に視線を戻すルディを、横目で窺う。傷一つない綺麗な体。ルディは私との約束を守った。

次は私が、ルディとの約束を守る番だ。

第六章　明かされる秘密

近隣の港に到着すると、私達に駆け寄ってきた商人達にルディが事情を説明する。

集まっている町の人達の姿を眺めながら、囮作戦で行方が分からないテネーブル達のことを心配していた。みんな無事だといいけど……。

そんな中、縛られたマルクスが船から下りて来る。

「領地の権利証はどこにある」

ルディが私達の前に座らされたマルクスを見下ろす。

そうだ！　権利証を取り返さないことには本当の解決にはならないんだった！

船内ではマルクスの手の治療を優先させていたため、尋問を後回しにしていたのだ。

「ふっふふふ……あーっはははははは……」

突然高笑いしだすマルクスに、その場にいた全員が目を丸くする。

「残念だったな、ルディウス・フォン・ランドール。船の上でも教えてやっただろ。結果は最後までどう転ぶか分からないと。本当はもっと完璧な状態で引き渡したかったが、お前の悔しがる顔を見られるのならそれも悪くない」

縛られているのに勝ち誇ったような不敵な笑みを浮かべるマルクスに、嫌な予感が過る。

「権利証はすでにヴォルタ国に渡っている！　オラール伯爵領はもうヴォルタ国のものなのだ！」

驚愕の事実に目の前が真っ暗になる。

伯爵領がヴォルタ国の手に……落ちた!?

私を含め、町の人達の顔も青ざめる。伯爵領がヴォルタ国になれば、この辺りの町が攻め込まれるのも時間の問題になる。

私は結局、何一つ解決させられなかった！

絶望に歯を食いしばり、固く目を閉じる。

するとその場に似つかわしくない、能天気な声が辺りに響く。

「権利証って、これのこと？」

聞き覚えのある声に、弾かれたように顔を上げる。

……不死身ですか!?

そこには崖から落ちたと言われたのに無傷でピンピンしているテネーブルと、囮作戦に加わった騎士達の姿があった。

「本当に殺しても死なないとは……」

隣で舌打ちをしながらルディが呟く。

……ツンデレですか？

「いや～騎士達を逃がすために囮になったんだけど、銃との対戦は初めてでさ。やられる前に崖から落ちたふりをして逃げたんだよ」

テネーブルは楔付きのワイヤーを取り出して見せた。

「俺はナイフ一本で仕留めたぞ」

ルディがすかさず勝ち誇ったようにツッコむ。

「いやいや。侯爵様は一回対峙してんだろ？　俺、初見だし」

……どこで張り合ってんのよ。両者負けず嫌いですか？

「それにしてもそのおっさん、俺が崖から落ちたと勘違いしてくれちゃって、その後の計画をペラペラと自分の部下に話してくれたんだよ。おかげでこの紙をヴォルタ国に運ぼうとしていた奴を、取り押さえられたんだけどな」

死んだと思われていたテネーブルの登場に、形勢は逆転。今度はマルクスが顔を青ざめさせた。

「残念だったな。権利証はどうやらヴォルタ国には渡らなかったようだ。お前の言った通り、結果は最後までどう転ぶか分からないものだな」

先程の仕返しとばかりに、ルディがマルクスを高圧的に見下ろす。マルクスは悔しそうにギリリッと奥歯を噛みしめた。

「お前はヴォルタ国と内通していた重要参考人だ。王都でたっぷりと話を聞かせてもらおうか。連れて行け」

ルディの合図で、テネーブルと一緒に現れたランドール侯爵家の騎士達が動き出す。続いて、権利証をルディに渡そうとするテネーブルを制し冷ややかに言い放つ。

「お前は灯台に捕らえている海賊共と見張りの騎士を連れて王都に帰れ」

「あれ？　なんか冷たくない？　もしかして心配かけちゃった？」

ルディの冷ややかな対応にも動じないテネーブルは、茶化すような口振りでニヤニヤと顔を緩める。テネーブルも分かっているようだが、素直じゃないルディの代わりに返答する。

「ルディは信じてたよ。テネーブルが生きてるって」

するとテネーブルは一瞬驚いた顔をした後に、照れくさそうに小さく笑った。

「仕方ねえな。先に帰って腹黒に報告でもしておきますか」

権利証で肩を叩きながら、テネーブルは私達に背を向けて歩き出す。彼はその紙一枚に、一領地分の重みがあることを知っているのだろうか？

それにしても……テネーブルの王太子殿下に対する『腹黒』呼び。ランドール侯爵家の威信に関わるから、いつか直させよう。

着替えを済ませ、停泊した港が落ち着きを取り戻した頃には、日が傾き始めていた。

そういえば新婚旅行に来てから、ゆっくり夕日を見たのは初日の一回だけだったな。あの時は新婚旅行の初日ということもあり、無邪気にはしゃいだりしていたよね。それがまさかこんな大事件に関わることになるなんて思いもよらなかった。ヴォルタ国の思惑はルディとテネーブルの力でなんとか防ぐことはできたけど、まだこの国を狙う手は緩めないだろう。大きな敵の前では、私一人の力など無力に等しいということが今回の件で嫌というほど分かった。

疲れ切ったように溜息を吐いていると、手が温もりに包まれる。

「少し浜辺を歩きませんか？」

温もりの先には、わずかに口元を緩めて私の手を持ち上げるルディ。これがルディの隣に立てる最後の機会になるかもしれない。でも約束を果たすと決めた以上、逃げるつもりもない。

「うん。いいよ」

複雑な心境を抱えたまま返事をすると、ゆっくり歩き出す。引かれた手に付いて行くように、ルディの少し後ろを歩く。

聞かれたら何から話そう。実はこの世界は私が書いた小説の世界で、あなたは私を殺す義弟だった……。そこまで伝える必要があるだろうか？　だって知らないところで人殺しにされていて傷付かない人なんていないはずだから。それ以前にこの世界は小説の世界ですと話して、ルディが信じるだろうか？　というより誰も信じてくれない可能性の方が高い。でも小説の世界ってことは話さないと矛盾が生じてしまうだろうし、何よりルディに嘘は吐きたくない。話される側からしてみたら、小説の世界って言われた方が嘘っぽくは感じるだろうけど……。

……うん？　そういえば何も聞いてこないな？

先程から黙ったまま、少し前を歩き続けるルディを見上げる。日の光を浴びて、漆黒のサラサラの髪が煌びやかに輝く。細く長い滑らかな首筋に繋がるのは、頼もしい広い背中。この背中に何度守られてきたことだろうか。私を守ろうと前に立つルディの姿が蘇る。

「……聞かないの？」

前を歩くルディの手を引き立ち止まらせた。

視線を前に向けたまま、丸みを帯びた後頭部が俯くような形でわずかに動く。

「聞きたくないと言えば嘘になりますが、レアが言いたくないなら無理に聞き出すつもりはありません」

声にいつもの覇気が感じられない。ルディ自身、話を聞いたことで今後二人の関係がどうなるか分からない恐怖心でも抱いているのだろうか？

けど私に秘密があると公にした以上、黙ったままでは二人の関係に壁ができてしまう恐れもある。それに関係が壊れるのが怖いからと、約束を反故にするような人間にはなりたくない。

手を離し砂浜の上に座る。

「レア、汚れますから――」

振り返り慌てるルディを制して、私の隣を叩く。

「ルディは約束を守ったのだから、私だってちゃんと守るわよ」

「……ではせめてこれの上に座ってください」

砂浜の上に敷いたのは、私が刺繍した不格好なハンカチ。このハンカチも話し終わった時にはいらないとか言われてしまいそうだな。自嘲気味に笑い、敷いてくれたハンカチの上に座り直す。それを見届けてルディも、両膝を立てて座る私の隣に片膝を立てるように腰を下ろした。

穏やかな波の音が辺りに響き渡る。この静けさが今は寂しさを強調しているようだ。

何から話そうか悩みながら寄せては返す波を眺める。ルディはその間、何も聞かずに待ってくれていた。

ようやく覚悟が決まり、口を開く。

「以前、エドワール侯爵が他国の武器商人とやり取りしている話を噂で聞いたと話したでしょ」

ルディは黙って私の話に耳を傾けている。

「あれ、噂じゃなくて、やり取りしていることを知っていたの」

顔を横に向けると、私のただならぬ雰囲気にルディから微かに焦りの色が表れる。

「私がそうなるように書いたから」

「……え？」

「この世界は、前世で私が書いた小説の世界なの」

思考が停止している様子のルディに話を続ける。

「この世界が自分の書いた小説の世界だと気付いたのは、ルディと初めて会った十歳の時だった。ルディの名前を聞いて思い出したの」

「ちょ……ちょっと待ってください。小説の世界って……」

「信じられるわけないよね」

だって自分達は生きている。いきなりあなたは文字の世界の住人だと言われても、信じてもらえるとは思えない。

難しい顔で眉を寄せ、砂浜に視線を落としながら考え込むルディの反応を待つ。

嘘を吐いていると思われているかもしれない。

不安から小さく溜息を吐き俯くと、揺るぎのない声が聞こえてきて再び顔を上げる。

「分かりました」

答えが出たのかルディが真っ直ぐに私を見据える。

分かったって……なにが？　嘘を吐いてまで言いたくないならいいとか、そういう意味？

しかしルディの返答は意外なものだった。

「続きを聞かせてください」

驚きで目を瞬く。続きって小説の内容ってことよね？

「……小説の世界って話を信じたの？」

「俺はレアを信じているだけです。ここが小説の世界なのかどうかは、これから聞くレアの話で判断します」

目の奥がじんわりと熱くなる。

やっぱりルディが好きだ。こんな嘘みたいな話をしても、まだ私を信じてくれるなんて。

零れ落ちそうになる涙を隠すため、顔を膝に埋める。

「レア？」

心配そうなルディの声に涙が溢れる。

「エドワール侯爵の反乱事件はね……」

「はい」

泣いているのがバレないように、話を続ける。

「主人公のマリエットの危機に王太子シルヴィードが助けに来るっていう、二人の絆を深めるために書いた話なの」

「……つまりあの女と殿下の代わりを、俺とレアが務めたというわけですか？」

「事件が解決できたことについてはそうなるかな……」

あの時のルディが怖すぎて、絆が深まったかどうかは疑問だけど。考えているうちに涙は止まっていた。

「その時の事件で隣国のヴォルタ国が出てきたでしょ」

「はい」

いよいよ核心部分に迫る時が来た。これでルディとは終わってしまうかもしれない恐怖に、緊張が走る。

「私が他国と武器取引をしていると書いたから、ヴォルタ国が今もこの国を狙うようになってしまったの」

言葉を発した直後なのに、ルディの返答までが異様に長く感じる。この国の危機を作った原因は私。この事実を知ったらさすがのルディも私を――。

「それはレアの小説の責任云々以前に、近隣諸国が領土を広げようと画策してくるのは、世界の情勢としては珍しいことでもなんでもありませんよ」

あまりにもあっけない返答に、顔を上げる。

「で……でもエドワール侯爵の事件をルディに解決させちゃったせいで、マルクスに逆恨みもされたんだよ？　本当ならマルクスの怒りは、私にぶつけられるものだったのに……」

言いながら徐々に視線が下へと落ちていく。私はルディを巻き込んでばかりいる……。

「レアに恨みをぶつけられるくらいなら、俺にぶつけてもらった方がいいです。マルクスの恨みなど、買えるだけの資産はいくらでも持っていますからね」

どういうつもりで言ってるんだろう？　ルディの軽い冗談が信じられなくて、少しだけ顔を上げて窺う。すると本当になんでもないように感じているような、無表情の顔をしていた。もしかして私が重く受け止め過ぎないように、気遣ってくれてるのかな？

「俺はてっきりレアが、ヴォルタ国に脅されて何かをやらされているのではないかと心配していましたよ」

「それだったら真っ先にルディに相談してるよ！」

勢いよく返すと、ルディが目元を和らげる。嬉しそうな表情に恥ずかしくなり、視線を逸らす。自分の中ではヴォルタ国のことを重く受け止めていたけれど、ルディにとっては大した話ではなかったんだ。肩の荷が下りたように、安堵から息を吐く。

「俺に隠していることは、これで全てですか？」

ルディの確信めいた問いに、吐き出しかけた息が止まる。小説の世界の話はしたけれど、全てを話したかと聞かれたら嘘になる。だって私はまだ話していない。

『来る終末の日』のことについて……。

ルディは黙ったまま私の反応を待っている。

ルディが実は、私を殺す義弟だと話すの？　話の中とはいえ、自分が人殺しにされていたと知ったらどう思う？　堪え難い悲しみを想像して、血の気が引く。ヴォルタ国の件は国の問題で片付いたが、『来る終末の日』の話はそういうわけにはいかない。

考えがまとまらず目を閉じる。

言えばルディは私を恨むかもしれない。家族のように愛していたのも、本当は自分の身を守るためだったと気付くかもしれない。そうなればきっとマルクスの話のように、冗談で済ましてはくれないだろう。でも……。

いつも私との約束を守ってくれるルディの姿を思い出す。

ルディとの約束は破りたくない！

話してしまった時のルディの反応が怖くて、目の奥がじんわりと熱くなってくる。涙を抑え込むために、一息吐く。

「ルディはね……」

「はい」

決意を込めた眼差しでルディに顔を向ける。心臓がバクバクと気持ち悪いくらい音を立てる。

「マリエットが好きで、王太子シルヴィードと彼女を取り合う仲なの。最終的にルディはマリエットが好き過ぎて、彼女を監禁する場所を確保するために……」

恐怖でみぞおちのあたりが冷えていく。

「ルディをいじめていた私も含めたクラヴリー家の人間を……」

気持ち悪さと息苦しさが襲ってくる。恐怖心を払うように瞼に力を入れて目を閉じる。

「殺すの……」

言って……しまった……。寒さは感じないのに、小刻みに手が震える。

怖くて目を開けられない。

反応をしないルディに対して不安が募る。

きっと軽蔑されたんだ。私がそんな酷い話を書くような人間なのだと……。

涙が次々に頬を伝っていくのが分かる。

全て終わってしまった。怖がりながらも必死にルディを愛そうと努力した日々。短かったけど、ルディと想いを重ね合わせた日々。積み重ねてきた思い出の数々も、手繰り寄せた絆と共に、全て失ってしまったんだ……。

グスリと洟を啜ると、ルディのいい香りが鼻先に漂ってきた。それと同時に背中に何かがかけられた感触がする。確認しようと目を開けた次の瞬間、背中に腕が回され、体を引き寄せられた。シャツから覗くルディの鎖骨が目の前に迫る。

私今、抱きしめられているの!?

唐突過ぎる行動に私の涙も思考も停止すると、頭上からルディの声が聞こえてくる。

「レアがずっと何かに怯えているとは思っていましたが、俺に対して怯えていたのですね」

その声が少し寂しげで、心が痛む。ルディは勘がいいから気付いてしまったのかもしれない。

「……確かにルディの想いを知るまでは、いつか殺されるのではないかと怯えていたのは事実よ。でも心のどこかではルディはそんなことをするような人ではないと信じていた気はするの」

思い立ったように言葉が口をつく。まるで今までの自分の気持ちを整理するように。

そうだ。本当にルディが私にとって怖い存在だったなら、私は途中で逃げ出していたかもしれない。それでもずっと見守り続けられたのはきっと……。

「私を大切にしてくれているルディの想いが伝わっていたからだと思う」

ルディが王宮騎士になりたての頃、上手くやれているか心配になった私がルディの部屋に様子を見に行った時のことだ。部屋のベランダで花を見せてもらい、『ルディが大切に育てているから、花もそれに応えようとして綺麗に咲いている』と話したことがあった。

私もあの花々と同じだったんだ。

ルディに大切にされていることを知らず知らずのうちに感じ取っていた私は、その想いに応えたくて本当の家族として愛そうと動いていたのかもしれない。

けれどどんな言い訳をしても、私がルディの心を傷付けてしまったことには変わりない。何を言われようと、私はただ黙って受け入れるだけだ。

そっと目を閉じて、ルディの次の反応を待つ。

「……以前にも話しましたが……」

静かな声が頭上から響いてくる。

「人はそれぞれの意思を持って動いています」

それは父が母に殺されたのは自分が書いた小説のせいだと、自責の念に駆られていた私にルディが言ってくれた言葉だ。

「レアの小説の中では、レアを傷付けようとしたあの女を俺が好きになるように書いたようですが、俺は最初に会った時からあの女に好意など全く感じませんでしたよ」

「それは私がルディをいじめていないからで……」

「それに好きだからという理由で監禁しようとする男のようですが、俺は本当に好きな人なら監禁はしません」

私の言葉を遮るように話を続けたルディが、少し体を離して見下ろしてくる。悲しげだが愛おしそうに見つめられた眼差しに、自然と涙が零れ落ちる。

「それはレアが一番よく分かっているのではないですか？」

指の腹でそっと私の涙を拭う。

ルディは決して私の行動を抑制したりしない。いつも私が無茶をしないように、傍で見守ってくれている。

「俺はレアの小説の中の俺ではなく、俺自身の意思でここにいます」

私の手を握り取ると、自分の胸の上に当てた。ルディの心臓の鼓動が伝わる。自分は作り物ではなく、ここに存在していると証明するかのように……。

「うん……。私と生きてきたルディは、今ここにいるたった一人しかいない」

これまでたくさんのルディの姿を見てきた。無表情で大人びていると思ったら、甘えたり、時には感情をぶつけてきたり。どれも小説の中では見られなかったルディウスの姿。ここにいるルディは私が書いたルディウスとは別人なのだ。

私に認められて安堵したのか、ルディが小さく息を吐く。

「だいたいこの世界がレアの書いた小説の世界だとしたら、なぜあの女は殿下と結ばれていないのですか？」

「それは彼女が罪を……」

そこでふと気が付いた。

「レアが設定したのは、罪を犯すような女性だったのですか？」

私もそれは考えていた。マリエットはエドワール侯爵の事件の時から私を排除しようと動いていた。私が設定していたヒロインは、守ってあげたくなるようなか弱い女性だったはずなのに……。

「皆、与えられた環境の中で考え、動いている。たとえレアの小説がきっかけだったとしても、行動に移すかどうかを決めるのは本人達次第ということです」

私は自分の書いた小説に転生したと考え過ぎていたのかもしれない。ルディの言う通り、与えられた環境の中でいかに正しい行動を選び取れるかが大事なんだ。それを決めるのは神でも原作者でもなく、自分自身に他ならない。

「もう隠し事はありませんか？」

考え込んでいる私の額に自分の額を押し当て、見透かすような瞳で私の顔を覗き込む。

「小説の話はもう完結しているから、隠しようがないよ」

吹っ切れたような顔の私に、ルディが安堵の息を漏らす。

「これからは俺に隠し事はしないと約束してください」

「もちろんよ！　私が頼りにしているのはルディだけなんだから、なんでも一番に相談するね！」

私の力強い宣言を聞き、ルディが柔らかく微笑む。夕日効果でその笑みに輝きが増す。

綺麗な笑みに吸い込まれるように魅入られていると、ふいに問われる。

「レアにとって、俺はどんな存在ですか？」

夕日で揺らめく黒く妖艶な瞳が私を見据え、胸が高鳴る。

頼りになる人。甘えて欲しい人。格好いい人。可愛い人。

ルディを形容する言葉はたくさんある。

だけど、一番思うのは――。

「ずっと傍にいて欲しい人」

ずっとずっと私の傍で笑って泣いて、時には怒って。たくさんの思い出をルディと共に作っていきたい。歳を重ねても、いつまでもずっと……。

「それは最高の言葉ですね。レアが望まなくても、俺はずっとレアの傍にいるつもりですから」

「今回みたいにルディを傷付けてしまうことがあったとしても?」

傷付けるつもりがなくても、傷付けてしまうこともある。今回の件で嫌というほど実感した。

「それでも俺はレアを手放すつもりはありません」

「ルディは私に甘すぎだよ」

はっきりと言い切ってくれるルディの優しさが嬉しくて、膝立ちになり首元に抱きつく。

「それにもしレアに傷付けられたとしても、レアに癒やしてもらえばいいだけですから」

そう言うと、ルディが私から体を離し見上げた。

「だから癒やしてくれるのでしょう？　レアからの口付けで」

不敵に笑うルディが、要求するように唇を少し突き出す。

「……それだけでいいの？」

ルディが動きを止める。

きっと今回はキスでは足りないくらい傷付けたと思う。それなのにキスだけで許されていいのだろうか？　私はルディの優しさに甘え過ぎているのではないだろうか？

ルディへの申し訳なさから気持ちが沈んでいく。目が潤み、ルディの顔がぼやける。

偽りの家族を演じていたのかと、罵ってくれてもいい。自分の優しさを利用したのかと、怒ってくれてもいい。ルディをルディウスだと思って接していたことには変わりはないのだから。

「レアだから許すのですよ」

目を見開くと、溢れ出た涙がポタリとルディの頬に落ちる。

「レアの動機がどうであれ、俺が今までレアに救われてきたのは事実ですから。それに船の上でマルクスに呼び出された時に気付きました。俺の悩みなど、レアを悲しませることに比べたら大したことはないと」

決意を込めるように、私の腰に回しているルディの腕に力が加えられた。

「レアの笑顔を守ることが、俺の生きがいですから」

微笑みながら私の頬に流れる涙を拭う。

「だから俺のために、これからもずっと傍にいてください」

「離れたいって言っても、離れないよ」

照れ隠しのような口調で返す。

「離れたいと言われても、離す気はありません」

沈む夕日が一筋の道を作り、暖かな光が私達を照らす。私は静かにルディの顔に唇を寄せる。柔らかく暖かい唇の感触から、ルディの優しさが伝わってくる。

信じてくれてありがとう。許してくれてありがとう。愛してくれてありがとう。

色んなありがとうを込めたキス。

夕日のスポットライトに当てられながら、光が落ちるまで離れることはなかった。

新婚旅行最終日。ルディと指を絡めながらオラール伯爵領ではなくなった領地を散策していた。

オラール伯爵が捕らえられた当初は、住人達に不安の色が見えていた。しかしルディが伯爵領は王家に返還され、領民の生活には支障がないと演説したことで今では落ち着きを取り戻している。王位継承権を持つランドール侯爵の言葉だったというのも、住人にとっては心強かったのかもしれない。

「何を考えているのですか？」

ニヤニヤしている私の耳元でルディが囁く。

「演説の時のルディが凛々しくてカッコ良かったな～っと思って！」

今思い出してもあの時のルディは動画に収めておきたいほどである。住人達も最初は若い侯爵に不安そうだったが、話し始めるとみんな夢中で聞き入っていた。

「これからももっとたくさんのカッコいいルディを見せてね」

お返しとばかりにルディの耳元で囁く。

「レアが望むなら、いつでも」

指を絡めている方の手を持ち上げて、ルディが私の手にキスをする。

新婚旅行も最終日か……。色々あったけど、ルディが私の小説の話を受け入れてくれたのが一番嬉しかったかも。別れを告げられるのではという不安からも解放されて、今はこんなに晴れ晴れした気分だ。

あとは……土産の問題だけか……。

ここ数日は後処理などに追われ、ゆっくり観光を楽しめるような状況ではなかった。そのため土産もまだ考えられていないのだ。

溜息を吐きながら、チラリと出店の品に目を向ける。そこで目にした物に目を剝く。

こ……これは……まさか……!?

「……『するめ』ですね」

私よりも先にルディが口にする。

そう！　なんと干物のお店にあったのだ！　スルメが!!

驚いてはみたが、冷静に考えれば長期保存するために、干物にするという発想は普通に出そうだ。

「なんだい、兄ちゃん達。烏賊の干物が欲しいのかい？」

スルメを凝視する私達に、店の店主が声をかけてきた。

ネーミングがまんまだった！

この世界ではスルメとは言わないのね……気を付けないと。烏賊の干物の呼び名をインプットしていると、ルディが店主に物申す。

「それは烏賊の干物ではない。『するめ』と言う物だ」

この世界では烏賊の干物で正解ですから――――!!

堂々と異議を唱えるルディの姿に、心の中で絶叫する。

「ちょ……ちょっとルディ！　こっちで話そうか！」

訝しそうな顔の店主を残し、ルディの腕を引っ張る。店主から離れて、人気のない場所に移動する。

「ごめん！　私、もう一つ話していないことがあったの！」

正確には忘れていたと言った方が正しい。

両手を合わせて正面に立つルディを見上げる。

「実は、スルメはこの世界の言葉ではないの。私が前にいた世界の言葉なの。だからこの世界では……」

「ありがとうございます」

突然お礼を言われて目を瞬く。お礼を言われるようなことは何も言っていないけど？

しかしルディの表情は穏やかで、どこか嬉しそうだ。

「レアから初めて秘密を明かしてくれましたね」

確かに今までの私なら、なんとか誤魔化そうと必死になっていたはずだ。でも今は素直に告白できた。

「それは、ルディが私の話を信じてくれたから隠す必要がなくなっただけで……どちらかといえばお礼を言いたいのは私の方だよ」

おかげでルディに嘘を吐かなくてもよくなったのだから。

「これからも俺には包み隠さずに話してください。レアの話はどんな話でも信じますから」

小説の話を信じてくれたくらいだ。おそらくルディは私が何を話しても信じてくれるだろう。

「分かった。これからもルディにはちゃんと話すね」

約束の意味も込めて、両手でルディの手を握りしめる。

「しかし烏賊の干物は呼び方が今一つなので、『するめ』で統一させましょう。レアもその方が親しみを感じられるでしょうから」

「……ルディ。この世界にはこの世界の決まりごとがあるのだから、それを破っちゃ駄目よ」

ルディとしては私が言いやすいように変えてくれようとしているのだろう。その気持ちはありがたい。しかしそうなれば、スルメの由来は？　という話になった時、確実に私の名前が出るはず。いや。ルディなら、『レリア・アメール・ランドール侯爵夫人命名！』まで公表しかねない。となると私の未来は……。

後世にまで『スルメ夫人』の名で知れ渡るのは嫌すぎるから!!

最終日の散策を終えて宿泊施設に戻ると、カリーナが私達の部屋のソファーでくつろいでいた。

「帰ってきたね。あんた達、明日にはここを発つんだろ？」

「その予定だ」

ルディがカリーナの正面のソファーに座る。私もルディに合わせて、ルディの隣に腰掛けた。

「あんた達には随分世話になったからね」

そう言うと、カリーナは自分の横に置いてある箱をテーブルの上に置く。

「なんの箱だ？」

ルディが訝しそうに箱を眺める。

「開けてみれば分かるよ」

警戒しながら蓋を開けると、中には銀河のように輝く、加工される前の黒い大きな宝石が一つ入っていた。

「各地を回っていた時に見つけた鉱石から作った物なんだけど、未知の物らしくて鑑定できないそうなんだよ」

「俺に調べろと？」

「違う、違う」

怪訝そうなルディに、カリーナが手を振って否定する。

「散々調べたから、あんたが調べても結果は同じだよ。ただね、この宝石は蒐集家には高値で売れるようなんだけど、黒ということもあって一般では出回りにくくて金にならないそうなんだ。だから宝石に変えたはいいけど、扱いに困っていてね」

つまりこのいらない宝石を、お礼として私達に押し付けたいと？

「夜会で着る女性の衣装は華やかさが命。けど旦那が取り入れて欲しい黒色は、合わせられる服の色が限定されちまうだろ。だからこの宝石で装飾品を作れば、旦那の我儘にも簡単に応えられるんじゃないかと思ってさ」

カリーナにドレスを依頼した時のことを思い出す。そう言えばルディが自分の色をドレスに反映させろとか要求していたわ。毎回のことで王都のマダムもかなり頭を悩ませていたから、これを装飾品に変えればみんなが助かるかも。

「俺は我儘など言っていない。レアを俺の物だと周囲に知らしめるために、当然の要求をしているだけだ」

それを世間では我儘と言う。

「でもこの宝石、ルディの瞳みたいで綺麗よね」

実際、魅入られてしまいそうな輝きがこの宝石にはある。そういう意味ではルディの瞳と同じかもしれない。

箱を引き寄せて宝石をまじまじと見つめる。

「レアが気に入ったのでしたら、王都に帰ったら身に着けられるように加工しましょう」

カリーナの手前取り繕っているが、どこか照れているようなルディが咳払いをする。

そんな私達の様子に、用事は済んだとカリーナが立ち上がる。

「……その宝石。もしかしたらあんたの手に渡りたくて、私に発見されたのかもね」

部屋を出る間際にこちらに振り返ったカリーナが口角を上げる。

「旦那に続いてその黒い宝石と、粘着質なものに好かれる性質なのかね」

揶揄うように笑いながら、カリーナは部屋を出て行った。

「失礼な奴だ。俺はレアが嫌がらない程度をちゃんとわきまえている」

ルディが閉まる扉を睨む。

自分が粘着質というのは認めるんだ……。

苦笑していると、ルディが私の肩に寄りかかる。

「レアは嫌じゃないですよね？」

上目遣いで見上げる若干不安そうなルディに、クスリと笑う。

ルディやカリーナは粘着質だというけど、ルディは決して自分本位で私を縛ろうとはしない。私のことを一番に考えてくれているから。

「嫌じゃないよ。ルディが私を愛してくれている証拠だから」

私の肩に乗るルディの頭に、頬を寄せる。答えに満足したのか、私の手に指を絡ませてきた。

「今度はもう少しゆっくり楽しみたいですね」

旅行を振り返るようにルディが言う。

ドブレ子爵に難癖を付けられて警備兵に捕らえられそうになったり、義弟扱いにルディと壁ができたり、海賊に襲われたり、領地が他国に渡りそうになったり……振り返っても盛りだくさんで、とてもゆっくりできたとは言い難い。

でも……。指を絡めているルディの手を見つめる。

得られたものもたくさんあった。温かい気持ちになり、自然と頬が緩む。

「次は国外旅行もいいですね」

散々な旅行だったのに、次を考えてくれるんだ。私と同じで、ルディも旅行に来て良かったと思ってくれていると知れて嬉しくなる。

今なら言えるかもしれない。指を絡めたルディの手を広げて、両手でにぎにぎと労わるようにマッサージし始めた。

「次は……」

照れくさそうに口をすぼめる。

「子どももいるといいね……」

私が言い終わると、一瞬動きを止めた後に瞬時にこちらに顔が向けられる。

「ル……ルディとの子どもなら可愛いかな……って」

反応が怖くて視線を泳がす。ややあってルディが静かに口を開く。

「……二十人くらいいると楽しそうですね」

……野球チームどころか、野球の試合が成立しちゃうね。一回で何人も産まれてくるとでも思っているのだろうか？

大真面目に答えるルディにあきれながらも、子どもを望んでくれていることに安堵する。

「男の子なら俺が直々に剣術とか指導したいですね。女の子なら……害虫を駆除するのに忙しくなりそうです」

子どもについて真剣に考え込む姿が愛くるしくて、笑みを零す。

ルディも私と同じ気持ちでいてくれたんだ。

「ルディのそういうところ、凄く好きだよ」

耳元で囁くと、ルディが顔を私に向ける。その顔がとても幸せそうで鼓動が速まる。

ゆっくりと顔を近付けながら、私の口元で甘く囁く。

「レア。愛してます」

「私もルディを愛してる」

お互い引き寄せられるように、そっと唇を重ねたのだった。

エピローグ　新婚旅行で得たモノ

新婚旅行から王都に戻って来た私達は、王太子殿下の下を訪ねていた。

「二人とも元気そうで良かったよ。せっかくの旅行なのに大変だったな」

仲良く並んで殿下の前に立つ私達に、執務机の椅子に腰をかけたままの殿下が労いの言葉をかける。

「全くですよ。レアと過ごせる貴重な時間を台無しにされました」

「事前に国を守れたんだから良しとしようよ」

殿下の前で不貞腐れたような物言いをするルディをなだめる。

「レアの言う通りですね。仕事なら仕方ありません。というわけで仕事をした分の休暇は頂きます」

容赦なく殿下に要求を突き付ける。

「長期休暇をやったばかりだぞ」

「俺は仕事をしていたのです。働いていた者に正当な休暇を与えるのは、雇用主の義務ですよ」

これに関しては、私からは何も言えない。殿下を威圧するルディを苦笑しながら眺める。

「け……検討しておく……」

頬を引きつらせる殿下に確信した。これはきっとルディが休暇を勝ち取ってくるんだろうな。

「それよりも悩みは解決したようだな」

分が悪くなった殿下が話を逸らすように、ニヤリと笑う。

悩み？

揶揄うような物言いをする殿下に、ルディが飄々と対応する。

「ご覧の通りです」

そう言うと手が持ち上がる。

ぎゃあ！　繋ぎっぱなしだった!!

最近ではルディと指を絡めて歩くことが通常仕様になっていたため、外すのを忘れてしまっていたのだ。慌てて手を離そうとするも、ルディが指を抜かせてくれない。引っ張ったり上下に動かしてみるも、ビクともしない。

「ちょっと！　ルディ！」

「いいではないですか。殿下に俺とレアの仲を見せつけてやりましょう」

全然よくない！

「まあまあ。いいよ、夫人。こいつはこういう奴だから」

「す……すみません……」

「どうしてレアが謝るのですか？」

あなたが殿下に対して失礼だからでしょ！

「それで？　夫人まで引き連れて、私に見せつけるために訪ねてきたのか？」

「そうです」

いや。違うから。

「殿下にはいつも夫がお世話になっているので、お土産を直接お渡ししたくて謁見させて頂きました」

「それは嬉しいな。何を買ってきてくれたのかな？」

聞かれて少し躊躇う。本当にアレ……渡しちゃうの？

そんな心配を余所に、荷物を持っていたルディが殿下の執務机の上にアレを置く。

置かれた物に殿下の動きが一瞬止まる。初見はやっぱりそういう反応になるよね。

「これは……どういう物かな？」

殿下の頬の引きつり具合から言っても、土産としては不釣り合いであることが窺える。

「ご覧の通り、海産物の烏賊を干した物です」

この状況でも怯まない男が、淡々と言い切る。私の夫はさすがです。

「殿下にこれを食して頂き、これの美味しさを触れ回って欲しいのです」

「食べ物だったのか……」

烏賊の干物を凝視しながら殿下が呟く。見た目的には疑わしくなるよね。

「ちなみに騎士団にも配ろうと、大量に購入してきました」

「ちょっ！　ちょっと待て！」

殿下にとっては得体の知れない物を王宮で配られることだけは避けたいのかもしれない。というより、なぜそこまで烏賊の干物を勧めるのか理解に苦しんでいそうだ。

ルディでは話にならないと、殿下が視線で私に説明を求める。

「……海産物を王都に広めたいという……思惑です」

申し訳なく感じながら答える。

王都の人間は、流通していない海産物を食すどころか、目にしたことがほとんどない。それは殿下の反応を見ても明らかだ。そこで海鮮の良さを王都に広めるために、まずは口持ちする烏賊の干物の旨さを広げることから始めてはと考えた。

私としては王都の商人に売ってもらってはどうかと提案したのだが、それよりも手っ取り早く広める方法があると言い出した結果が……今に至る。

そう、殿下に広告塔になってもらおうという案である。

王都の噂は社交界で広めるのが一番早い。そして国の華でもある殿下に勧められては、貴族達も食べるしかない。食べて美味しいと言ってもらえればこちらのものだ。

正直、葛藤はしたよ。殿下にお土産と称して海産物の流通に一役買ってもらおうなんて……。でも烏賊の干物が美味しいのは事実だし、これがきっかけでいつでも手軽に海の幸を食べられるようになれば食の文化も広がる。なにより烏賊の干物を見た時は、美味しく食べるためにマヨネーズの作製まで視野に入れたくらいにはワクワクしたからね。一味唐辛子は家にたくさんあるからいいとして、マヨネーズと一味唐辛子の最強タッグを付けて食べるスル……おっと烏賊の干物。炙って食べても良しだよね！

気付けば流通の話から、食す楽しみにまで思考が飛んでしまっていた私を、二人が無言で見つめていた。

「レアがこんなに幸せそうな顔をするくらい、海産物は美味しい物なのです」

え？　私今、どんな顔してた？

「ああ。一度食してみようと思うくらいにはなったな」

そんなに顔緩んでました？

「分かった。港町との流通が盛んになれば、今回のような事件も未然に防ぎやすくなるし、一度食べてみよう。ただし騎士に配るのは、私が食べた後にしろ」

騎士のために殿下自ら試食に挑むとは……普通は逆じゃないかな？　まあそれだけ殿下もルディのことを信頼しているってことだよね。

「それと……」

「まだ何かあるのか⁉」

烏賊の干物を食すことが余程衝撃的だったのか、ルディに追加項目を示唆されて殿下が警戒心を強める。

「烏賊の干物は今後、『するめ』と呼んでください」

スルメ夫人のフラグが立っちゃったよ――‼

あとがき

この度は『悪役をやめたら義弟に溺愛されました2』をお手にとって頂き、誠にありがとうございます。神楽棗と申します。

書籍制作にあたり、関係者の皆様には多大なるご尽力を賜り、厚く御礼申し上げます。

一巻に引き続き二巻もイラストを担当して下さった大庭そと先生には、感謝の言葉もございません。先生のお陰で二巻を世に出せたと言っても過言ではないと思っております。

コミカライズでは奥山エリー先生が、小説では語れなかった部分も含め素敵に仕上げて下さり心より感謝いたしております。興味のある方は是非よろしくお願いいたします。

デザイナー様、校正の皆様、営業の皆様、印刷所の皆様、角川ビーンズ文庫編集部の皆様。皆様の多大なるお力添えにより二巻に繋げられましたこと、心より感謝申し上げます。

最後に、この本を読んで下さった皆様。各々この作品で思われる事もあるかと存じますが、筆者はお目を通して頂けただけでも深く感謝いたしております。

本作を読んで頂き、誠にありがとうございました。

神楽棗

「悪役をやめたら義弟に溺愛されました２」の感想をお寄せください。
おたよりのあて先
〒102-8177　東京都千代田区富士見2-13-3
株式会社KADOKAWA　角川ビーンズ文庫編集部気付
「神楽　棗」先生・「大庭そと」先生
また、編集部へのご意見ご希望は、同じ住所で「ビーンズ文庫編集部」
までお寄せください。

悪役(あくやく)をやめたら義弟(ぎてい)に溺愛(できあい)されました２

神楽(かぐら)　棗(なつめ)

角川ビーンズ文庫　24159

令和６年５月１日　初版発行
令和６年９月20日　再版発行

発行者――――山下直久
発　行――――株式会社KADOKAWA
〒102-8177　東京都千代田区富士見2-13-3
電話 0570-002-301（ナビダイヤル）
印刷所――――株式会社KADOKAWA
製本所――――株式会社KADOKAWA
装幀者――――micro fish

●お問い合わせ
https://www.kadokawa.co.jp/（「お問い合わせ」へお進みください）
※内容によっては、お答えできない場合があります。
※サポートは日本国内のみとさせていただきます。
※Japanese text only

ISBN978-4-04-114781-8 C0193 定価はカバーに表示してあります。